NAGEL & KIMCHE

1. Auflage 2021

in der MG Medien Verlags GmbH, München · Zürich
Satz: im Verlag, gesetzt aus der Sabon Next LT Pro
Umschlaggestaltung: JournalMedia GmbH, München
unter Verwendung einer Artwork von Jan Gracia
Druck und Bindung: CPI books GmbH, Leck

ISBN 978-3-312-01248-0

Printed in Germany

MIX
Papier aus verantwortungsvollen Quellen
FSC® C083411

Giuseppe Gracia

GLORIAS Finale

Roman

NAGEL & KIMCHE

Für Jan.
In Liebe

»Die fürchterliche, akute Spannung, untätig dazustehen, während das Leben eines Menschen, den wir lieben, in der Schwebe zittert. Die erschütternden Gedanken, die den Geist bedrängen, die das Herz schlagen und den Atem dick werden lassen. Der hilflose Wunsch, *etwas* zu tun, um den Schmerz zu lindern.«

Charles Dickens, »Oliver Twist«

1

Angst?

Gloria schüttelt den Kopf. Sie hat keine Angst, und sie wird nicht zulassen, dass ihr der Sender Angst macht. Sie wird ihr Ziel nicht verfehlen.

Mit den Fingern spielt die Produktionsassistentin am Strohhalm ihres Drinks. Eine Sekunde, zwei Sekunden. Sie lächelt. Ihr Lächeln wirkt freundlich, warm. Wenn nicht die Augen wären, zu denen die Wärme nicht vordringt, die abwesend wirken, als würden dahinter stille, ferne Berechnungen stattfinden.

»Morgen ist das Finale, live übertragen von sechsundzwanzig Fernsehstationen, sechzig Millionen Zuschauer. Und du hast keine Angst?«

»Wovor denn?«

»Dass du verlierst.«

Gloria überlegt. »Soweit wird es nicht kommen.« Und nach einigen Augenblicken: »Bestimmt nicht.«

»Großartig, dieses Selbstvertrauen.« Die Produktionsassistentin wirkt enttäuscht. »Seit der Vorrunde hast du mich immer wieder überrascht. Du hast uns *alle* überrascht.« Den Drink in der Hand – Prosecco mit Eis, Zitronenmelisse und Holunderblütensirup – lehnt sie sich zurück, auf dem Ledersofa der Hotellounge, in der sie sich seit etwa dreißig Minuten befinden. Angeblich geht es darum, letzte Fragen zu besprechen. Angeblich soll die Assistentin die »Wünsche« der

Produzenten übermitteln. Doch Gloria weiß, worum es wirklich geht. Seit Monaten, seit Jahren hat sie nichts anderes getan als sich auf diese Leute vorzubereiten, auf diesen Tag.

Sie wollen mich aushorchen. Die Assistentin soll mich einseifen, damit ich mich öffne, damit ich *ehrlich* bin. Sie wollen meine Schwächen finden, um sie morgen gegen mich zu verwenden.

Die Assistentin, den Strohhalm am Mund, beginnt zu saugen. Schmale, schöne Lippen, ein schönes Gesicht eigentlich, wenn es nur echt wäre, wenn nur irgendetwas daran echt wäre.

»Morgen Vormittag findet die Schlussprobe statt«, sagt die Assistentin. Das ist eigentlich klar, die drei, die es ins Finale geschafft haben, haben den Ablaufplan bekommen. Trotzdem richtet sich die Produktionsassistentin bei diesem Satz auf, als hätten sie diesen Punkt bisher nicht besprochen. Sie stellt den Drink zurück auf den Tisch.

Gloria betrachtet den honigfarbenen Prosecco-Sirup-Mix mit den Eiswürfeln, die sich langsam auflösen, während die Assistentin erklärt, um welche Uhrzeit die Kameraleute eintreffen, wie es mit dem Drehbuch der Redaktion aussieht, wann die Medienkonferenz beginnt und wo die Kostümproben stattfinden.

Gloria beobachtet die Schleier der schmelzenden Eiswürfel und fragt sich, ob die Assistentin Chantal gekannt hat. Sonderbar, dass sie erst jetzt darauf kommt. Es liegt wahrscheinlich daran, dass die Assistentin jung ist. Zu jung, um damals dabei gewesen zu sein. Sie hat keine Ahnung, denkt Gloria, sie hat noch nie von Chantal gehört.

Trotzdem – für einen kurzen Moment – schließt sie die Augen und sieht die Waffe vor sich, die Walther PPS. Sie stellt sich vor, wie sich die Waffe in der Hand anfühlen wird – schwer, kühl –, stellt sich vor, wie sie die Walther auf das falsche Lächeln richten wird, auf die falsche Wärme. Stellt sich vor, wie sie darauf wartet, dass sich in den Augen der Assistentin etwas regt, etwas Echtes, Wahres, stellt sich vor-,

»Alles in Ordnung?« Die Stimme der Assistentin klingt noch immer freundlich.

»Kopfschmerzen«, antwortet Gloria.

Du willst, dass ich Angst habe. Die Produzenten brauchen das, sie arbeiten damit. Aber ich werde ihnen keine Angst bieten. Ich werde dafür sorgen, dass *sie* Angst haben.

»Du bist sehr lieb«, sagt Gloria. »Ich wünschte, wir wären Freundinnen.«

»Das sind wir doch,« strahlt die Assistentin. »Das sind wir.«

Der Barkeeper, der ihnen bis jetzt verstohlene Blicke von der Theke aus zugeworfen hat, nähert sich zögernd und bleibt vor ihrem Tisch stehen: weißes Hemd, schwarze Fliege, schwarzes Gilet. Er lässt die Arme hängen, berührt mit den Fingern der rechten Hand seinen Ledergürtel, als wolle er sich daran festhalten.

»Sie sind Gloria, nicht wahr?«

Gloria nickt.

»Dürfte ich ein Autogramm haben? Es ist für meine jüngere Schwester. Sie schaut jedes Jahr *Eurostar*. Sie hofft, dass Gloria gewinnt – ich meine, dass Sie gewinnen.« Kurze Pause: »Das hoffe ich natürlich auch.«

»Ich gebe Ihnen gern ein Autogramm«, erwidert Gloria. »Wo soll ich signieren?«

»Oh, natürlich, wie dumm!« Der Kellner eilt zurück zur Theke, und als er wieder zum Tisch kommt, hält er ein offizielles Studiofoto in der Hand: Gloria in einem langen, brombeerblauen Kleid, die Augen funkelnd im Scheinwerferlicht.

Gloria signiert das Foto. Der Kellner nickt, während er sich bedankt, deutet sogar eine Verbeugung an.

Gloria spürt seine Nervosität. Ihr wird bewusst, wie lange es her ist, dass sie so etwas erlebt hat. Die Nervosität und Verlegenheit des Kellners: Es fühlt sich beinahe so an, als würde Gloria nach Wochen im Geschlossenen an die frische Luft kommen, als würde sie eine echte, kleine Blume entdecken, die sie daran erinnert, wie lange sie schon in einer Shoppingmall aus Stein und Plastik lebt.

»Ich danke Ihnen«, sagt Gloria.

»Nein, bitte«, erwidert der Kellner. »Ich danke *Ihnen*.«

Als der Barkeeper wieder hinter der Theke steht, schmunzelt die Produktionsassistentin. »Er ist süß«, meint sie, »Du gefällst ihm.«

Die Eiswürfel im Glas sind jetzt geschmolzen.

Gloria sagt der Assistentin, dass sie müde sei, und sie verabschieden sich. Endlich kann sie nach oben in den fünften Stock gehen, in die Suite, die das Studio für sie gemietet hat.

Angenehme, klimatisierte Stille. Gloria legt sich aufs Bett. Sie streckt Arme und Beine aus und denkt an den Barkeeper, dann an das Gesicht der Assistentin, ihr falsches Lächeln und an die Produzenten, die damit rechnen, dass Gloria Angst hat.

Aber Gloria hat keine Angst. Auch nicht, wenn sie sich vorstellt, was alles schiefgehen könnte. Wenn sie sich vorstellt, dass sie vor laufender Kamera die Wahrheit sagen wird. Dass sie, die jüngste Finalistin in der Geschichte von *Eurostar* – und die erste Schweizerin – alles verändern wird.

Nein. Sie fühlt sich entspannt. Ohne Beruhigungsmittel. Schon gestern hat sie keine genommen, schon vorgestern nicht.

Gloria betritt das Badezimmer und betrachtet sich im Spiegel. Sie zieht die Hose aus – schwarze Seide – und geht zurück in den Wohnraum, zum Fenster neben dem Kanapee. Sie dreht sich zur Minibar, ohne sie jedoch zu öffnen. Sie zögert und legt sich wieder aufs Bett. Ausgestreckt liegt sie da, die Augen geschlossen, fühlt das Gewicht der Müdigkeit, die Erschöpfung.

Sie denkt an den Barkeeper, an seine kleine Schwester, die sich über das Autogramm freuen wird. Die kleine Schwester, die Gloria morgen am Bildschirm sehen wird. Die kleine Schwester, die morgen *alles* sehen wird.

Aber auch dieser Gedanke beunruhigt Gloria nicht. Die Augen geschlossen, sinkt sie tiefer in die Müdigkeit, in den Schlaf.

Ein guter Schlaf. Keine Alpträume. Nicht so wie gestern. Nicht so wie immer wieder in den letzten Monaten. Nicht so wie zum Beispiel jener Traum, der Glorias Herz mit kleinen, heißen Hammerschlägen gequält hat, während sie auf die Fernsehbühne gehen musste, in ein verlassenes, mondfarbenes Scheinwerferlicht. Oder der Traum, in dem sie gegen Hände kämpfen musste, die von allen Seiten nach ihr griffen, um sie in die Dunkelheit, in die Tiefe zu zerren. Oder der Traum mit den grinsenden Gesichtern der Mitbewerber, die dafür gesorgt haben, dass Gloria während der Show plötzlich nackt dastand, zitternd vor dem glotzäugigen Publikum. Oder das Schreien, als Gloria gesehen hat, dass ihre Hände voller Blut waren. Sie hat geschrien und gespürt, wie die Jury und die hin- und hergleitenden Kameras ihre Angst und das Blut gierig in sich aufsaugten, wie *alle* Leute draußen vor dem Bildschirm ihre Angst und ihr Blut aufsaugten und dabei mit der Zunge schnalzten.

Doch nicht heute. Heute kann Gloria ruhig schlafen. Und sie träumt von schönen Dingen. Sie spürt Sonnenlicht auf der Haut. Spürt, wie *frei* sie ist, losgelöst vom Gewicht der Zeit. Sie spürt, wie sie durch die Jahreszeiten der Kindheit gleitet.

Gloria schwimmt in der Schwerelosigkeit eines himmelblauen Wassers. Schwimmt, wie damals im See, zu dem Chantal sie immer mitgenommen hat, ihre beste, ältere Freundin.

Neun Jahre ist Gloria damals gewesen. Sie hatte gerade angefangen, mit den Jungs der Oberstufe raus zur Boje zu schwimmen. Die Jungs, die ihr besser passten als die Mädchen ihres Alters, während Chantal am Ufer des Sees wartete, im Gras unter dem Baumschatten.

Ein Teil von Glorias Bewusstsein weiß – während sie träumt –, dass die Blumen am Ufer nicht mehr existieren, dass sie *tot* sind, dass der See hier nur das Wasser der Erinnerung ist; sie weiß, dass auch Chantal in Wahrheit nicht unter dem Baum wartet, dass nichts davon je wiederkehren wird.

Ein anderer Teil von Gloria kuschelt sich in den Traum, möchte sich an diesen Ort verlieren, der sich anfühlt, als wäre hier für immer alles aufgehoben, geschützt vor dem Verzehr durch die Zeit.

Gloria schwimmt durch das Glitzern auf dem Wasser und erreicht das Ufer. Sie setzt sich auf das Badetuch neben Chantal, riecht die Sonnencreme der Freundin.

Chantal reagiert empfindlich auf die Sonne. Mit ihrer hellen Haut muss sie aufpassen, sie wird immer krebsrot. Sie ist trotzdem stark, denkt Gloria. Chantal ist *sehr* stark. Nicht nur, weil sie schon sechzehn ist, sondern vor allem deshalb, weil sie es schon mehrmals geschafft hat, das Geschrei und die Hände von Glorias Vater in die Flucht zu schlagen.

Glorias Vater ist oft wütend, wenn ihm zu Hause etwas nicht passt. Eine Wut, vor der auch Glorias Mama Angst hat. Aber wenn Chantal das mitbekommt – sie wohnt nicht weit entfernt –, schreit sie zurück. Sie zeigt keine Angst vor Glorias Vater.

Chantal beschützt Gloria, denn Chantal kann das, so stark ist sie. Auch von der eigenen Mutter, die praktisch den ganzen Tag in ihrer Wohnung sitzt und Pillen zu sich nimmt, lässt sich Chantal nichts gefallen. Chantals Mutter kommt ursprünglich aus Frankreich, spricht nicht sehr gut Deutsch und murmelt von Zeit zu Zeit Dinge, die auch Chantal nicht versteht.

Gloria ist oft bei Chantal zu Hause, weil Glorias Eltern häufig weg sind, weil sie viel arbeiten müssen. Sowieso würde Gloria lieber bei der Freundin wohnen. Chantal ist für sie auch deshalb die beste Beschützerin, weil sie mit den großen Jungs aus dem Quartier herumzieht, und der stärkste von ihnen – Mauro – wird von allen in der Nachbarschaft gefürchtet.

»Ich vermisse dich«, sagt Gloria jetzt zu Chantal.

Chantal dreht sich auf dem Badetuch herum. Über ihnen regt sich die Baumkrone im Wind, mit mildem Geflüster der Blätter. Gloria will nicht mehr weg. Sie will bleiben, in der Mitte des Nachmittags, neben Chantal unter dem Baum.

Doch dann wird die Freundin unruhig. Sie schlüpft in ihr Kleid und sucht, als hätte sie der Blick auf die Uhr aufgeschreckt, ihre Sandalen im Gras.

»Was ist? Wohin gehen wir?«

Chantal antwortet nicht. Sie packt Gloria an der Hand. Vielleicht muss Chantal nach Hause. Oder sie muss Gloria zum Vater bringen, weil sie keinen neuen Zusammenstoß mit ihm riskieren will.

»Bitte, nicht so schnell!«, ruft Gloria.

Doch Chantal hält sie fest, eilt mit ihr über die Straße. Sie erreichen einen leeren Parkplatz, auf dem niemand sonst zu sehen ist. In der Mitte des Platzes bleibt Chantal stehen.

»Du bleibst. Ich werde abgeholt.«

Gloria schüttelt den Kopf. Sie versucht Chantal klar zu machen, dass sie zurück an den See gehen möchte, weil sie dort in Sicherheit sind. Sie versucht der Freundin klar zu machen, dass sie nicht will, dass jemand kommt und sie abholt.

Nun hält Chantal etwas in der Hand. Es ist die Waffe, die Walther PPS.

»Gefällt sie dir?«

Nein, Gloria möchte das nicht. Aber sie weiß, dass es sein muss, dass sie Chantals Abschied nicht verhindern kann.

Sie betrachtet die Waffe und stellt sich vor, wie sie sich anfühlen wird – schwer, kühl –, stellt sich vor, wie Chantals Haare und Hals riechen werden, wenn sie sich gleich umarmen, während sich auf der anderen Seite des Platzes das schwarze Auto nähert, das die Freundin abholt. Das Auto, das für Chantal, für niemanden sonst, bestimmt ist.

Als Gloria am Morgen im Hotel erwacht, um fünf Uhr, fünfzehn Stunden vor dem Finale, muss sie weinen. Sie verbringt einige Minuten unter der kalten Dusche.

Home is where I want to be.

Für Momente geistert die Melodie durch ihren Kopf. Sie zieht sich um und wartet.

In der Stille lässt sie die Minuten durch den Raum fließen, über das Kanapee zum Fenster und zurück zum Bett, durch das Herzklopfen und die Gedanken und wieder zurück zum Fenster.

Sie verspürt Lust, eine Zigarette zu rauchen, doch das ist im Hotel verboten.

Verdammt, wen kümmert es eigentlich? Warum nicht das Fenster öffnen, was wollen sie schon dagegen tun?

Gloria holt die Zigaretten aus ihrer Handtasche, öffnet das Fenster und zündet sich eine an. Sie kneift die Augen zusammen und späht wie durch Schlitze nach draußen in den bewölkten Himmel über den Dächern. Sie beobachtet das Morgenlicht, das sich auf die Stadt herabsenkt; zuerst blaugrau, dann taubengrau. Sie fühlt sich müde und zugleich, in der Mitte der Müdigkeit, erregt.

Kurz nach acht – zwölf Stunden vor dem Finale – holt sie das kleine Handy aus der Innentasche ihres Koffers. Das Handy, von dem niemand im Studio weiß, kein Assistent, kein Redaktionsmitglied.

Weil die Show seit Monaten von Zeitungen und Radiosendern in den Teilnehmerländern begleitet wird, die dazu ihre Stories und Melodramen verkaufen – destilliert aus dem Privatleben der Anwärterinnen und Anwärter –, sind die Jungtalente angehalten worden, nichts Persönliches vor der Zentralredaktion der Produktionsfirma zu verbergen und alle Ereignisse aus ihrem Leben zu melden, die sich medial verwerten lassen.

Schon beim ersten Treffen in der Schweiz hat Gloria das gewusst und war nicht überrascht, dass die Redaktion – ohne es je direkt anzusprechen – auch Bescheid wissen möchte über vertrauliche Telefongespräche während der Laufzeit der Show, über Mails und andere private Dinge.

Dieses Handy allerdings, das hat Gloria geheim halten können, genau wie die Identität der Person, mit der sie damit in Verbindung steht.

Home is where I want to be.

Sie betrachet weiter den Himmel, die Wolken über München, bis der Anruf kommt – vierzig Minuten später als erwartet.

»Ist etwas geschehen?«

»Nein«, erwidert die Stimme, »alles wie geplant.«

Trotzdem beginnen Glorias Hände zu zittern, und sie denkt wieder an den Traum – Chantal auf dem Parkplatz.

2

Rund zwei Kilometer von Glorias Hotel entfernt, draußen vor einer Cafébar, sitzt ein Mann namens Diamanti.

»Es wird regnen«, meint unvermittelt der Kellner oder Barbesitzer, der neben ihm sitzt und mit seinem Smartphone spielt.

Die anderen Tische sind verlassen, die Gasse wirkt heruntergekommen, was Diamanti nicht stört, sondern an die Ausländerviertel in Zürich erinnert, in denen er aufgewachsen ist.

Weiter vorne, an der nächsten Kreuzung, steht eine Frau. An der Leine ein Pudel mit explodierter Frisur.

»Kennst du diese Frau?«

»Frau Michelle. Macht Haare. Willst du neue Haare?«

Diamanti winkt ab, und der Kellner oder Besitzer – türkisch – wiederholt, dass es heute regnen werde. Ja, so wie der Himmel aussieht. Ein richtiger Ausbruch, warum nicht?

Diamanti muss an Gloria denken. Soll er heute Abend zusehen? Schließlich befindet er sich in München, dem Ort des Finales 2021. Gestern Abend ist er von Zürich hergeflogen, weil er einen Geschäftspartner treffen musste, und dann gibt es noch diesen anderen, vertraulichen Termin. Aber danach? Soll er sich am Abend die Show antun? Schon anlässlich der vergangenen Staffel hat man ihn zur Endrunde ins Studio nach Rom eingeladen. Er hat die Einladung ausgeschlagen, ist aber nicht sicher, ob er es sich auch diesmal leisten kann, dem Zirkus fernzubleiben.

Jedenfalls, soviel steht fest, der Besuch im Münchner Büro, einer Außenstelle von Diamantis PR-Agentur in Zürich, ist heute unvermeidlich.

Wenigstens ist es nicht langweilig. Der Leiter des Münchner Büros, den Diamanti vor drei Jahren eingestellt hat und mit dem er bisher zufrieden ist, möchte mit ihm ein »kleines Problem« besprechen.

Es geht um einen Münchner Journalisten namens Bauer, der seit einem Jahr für eine große Zeitungsgruppe über die europaweite Castingshow *Eurostar* schreibt und die Online-Kampagnen zu den Kandidaten aus Deutschland, Österreich und der Schweiz führt. Damit Bauer zum richtigen Zeitpunkt die richtigen Geschichten lanciert, bekommt der Journalist exklusives Material von Diamantis Agentur: Storys über das Privatleben jener Kandidaten, die im Auftrag der Zentralredaktion als angehendes Sternchen entweder zu fördern oder, als bereits feststehende Versager, niederzumachen sind. Hinweise auf bevorstehende intime Höhepunkte, Skandale, Bekenntnisse und so weiter. Man will die Dramaturgie der Show und die Wahrnehmung ihrer jeweiligen Akteure auch in den Begleitmedien im Sinne des Studios möglichst im Griff haben. Diese Dinge hat Diamantis Agentur bereits während der letzten Staffel gemanagt, bis zum Halbfinale. Niemand hat damit gerechnet, dass es dieses Jahr nicht nur der Schweizer Beitrag ins Finale schaffen würde, sondern auch der deutsche. Bisher stammten die Finalistinnen und Finalisten immer aus Ländern wie Belgien, England oder Schweden.

Gemessen an den Einschaltquoten ist die seit neun Jahren in 22 Ländern ausgestrahlte Sendung die erfolgreichste

Castingshow aller Zeiten, ähnlich wie der mit Profis ausgetragene »Eurovision Song Contest« – nur eben mit Laien, oder wie das Studio sie offiziell nennt: »Anwärter«. Die Gewinner einer nationalen Castingshow sind für *Eurostar* zugelassen und dürfen um den europäischen Titel kämpfen. Diesmal haben sich für die Schweiz und Deutschland zwei Frauen qualifiziert, obwohl es in anderen Jahren oft Jungs gewesen sind – wegen den Millionen von Mädchen, die vor dem Fernseher sitzen und für ihren Schwarm voten, über eine Telefonnummer, die kostenpflichtig ist und den Sendern eine Menge Geld einbringt; zwar nicht so viel wie die Werbeblocks oder das Product-Placement während der Show, doch aber insgesamt etwa hundert Millionen.

Aus Sicht der Public Relations ist das Ganze ein einziger Alptraum. Zu chaotisch, zu viele Akteure. Aber was darf ein PR-Profi schon vom Leben erwarten? Hauptsache, die Agentur läuft. Hauptsache, die Arbeitsplätze sind gesichert.

Jedenfalls ist da nun dieser Journalist Bauer. Der sollte eigentlich nur Informationen von Diamantis Agentur zur gewünschten medialen Wirkung bringen. Dabei darf Bauer natürlich eigene Lügen oder Schlüpfrigkeiten hinsichtlich der Kandidaten beisteuern. Journalisten brauchen kreative Freiräume, sonst denken sie noch, sie werden manipuliert. Bauer darf eigene Ideen einbringen, aber er muss trotz allem respektieren, dass das Drehbuch der Zentralredaktion heilig ist und sich alle Agenturen und Partner daran zu halten haben. Sonst bekommt er keine Informationen mehr und kann sehen, worüber er dann noch schreiben kann.

Doch Bauer missachtet diese Spielregeln immer wieder. Das ist der Grund, warum sich Diamanti bereits einmal mit mit ihm getroffen hat, letzten April, vor den Viertelfinalen: um ihn zu bremsen. Die Fernsehbosse bezahlen Diamanti ein Spitzenhonorar, damit er über alles die Kontrolle behält und frei herumgaloppierende Pferde wie diesen Bauer wieder zurück in den Stall holt. Man bezahlt Diamanti, damit er im Hintergrund an den Fäden der öffentlichen Wahrnehmung zieht und alles orchestriert – und zwar so, als wäre in Wahrheit überhaupt niemand da, der im Hintergrund irgendwelche Fäden zieht. Also so, als könnten solche Fäden in Wahrheit gar nicht gezogen werden, weil es solche Fäden überhaupt nicht gibt, weil die öffentliche Wahrnehmung sowieso macht, was sie will. Wenn Diamanti das erreicht, wenn das Publikum in der öffentlichen Wahrnehmung etwas halbwegs Natürliches, Ungeplantes sieht, dann hat er einen guten Job gemacht.

»*Muss* ich diesen Bauer treffen?«, fragt er den Leiter des Münchner Büros.

»Er wird gleich hier sein.«

Diamanti seufzt.

3

Inzwischen befindet sich Gloria in einem Raum über der Hotellounge, umgeben von Stylistinnen und Stylisten für Kleidung, Frisur und Make-up. Die anderen zwei, die es ins Finale geschafft haben, warten in anderen Ebenen des Gebäudes. Die Produktionsfirma möchte verhindern, dass die Anwärter sich vor der Medienkonferenz begegnen. Sie sollen ihre Antworten nicht miteinander absprechen können.

Gloria kann es recht sein. Je weniger Leute, desto besser. Brav schließt sie die Augen, wenn die Make-up-Frau sie dazu auffordert, dreht den Kopf nach links oder rechts, geht mit den kirschrot lackierten Schuhen probehalber im Kreis, oder mit dem glitzernden Kleid, das sie heute Abend tragen wird, und setzt sich wieder.

Nur einmal blickt sie direkt in den Spiegel des Umkleideraums: eine ovale, blanke Oberfläche, in der ihr Gesicht fremdartig schwimmt.

Hi, yo! You're sitting here beside me.

Bevor man Gloria in den Hotelsaal begleitet, wo rund vierzig Medienschaffende warten, um die zwei Finalistinnen und den einen Finalisten von *Eurostar 2021* zu befragen – um zu erfahren, wie sie sich »heute fühlen«, ob sie nervös oder zuversichtlich sind an diesem Tag der »großen Entscheidung«, ob sie mit ihren Verwandten und Freunden telefonieren, um sich Mut zu machen – bevor dieses Theater beginnt, gibt es einen Moment des Zweifels, und ihre Hände zittern wieder.

Gloria denkt: was ist los? Mach dir keine Sorgen, es wird alles klappen. Auch die Waffe wird da sein.

Sie legt die Hände in ihren Schoss und wartet, bis das Zittern aufhört. Sie darf jetzt nicht negativ denken. Sie darf *keine Sekunde* negativ denken.

Vor Beginn der Pressekonferenz empfängt Diamanti im Meetingraum seiner Agentur den Journalisten Bauer, unter vier Augen. Der Mann kommt gleich zur Sache und meint, er könne wegen der Schweizer Kandidatin nicht länger schweigen.

»Gloria? Das Thema hatten wir doch schon. Im April hatten Sie wegen Gloria Bedenken bei mir angemeldet – weil Sie die PR-Story zu Glorias Person nicht mögen.«

»Unsinn.« Bauer räuspert sich. »Es geht nicht darum, was ich mag oder nicht mag. Es geht darum, dass Sie Lügen in die Medien streuen.«

»Lügen?«

»Kommen Sie mir nicht so. Sie wissen genau, woher die junge Frau wirklich kommt, wer sie wirklich ist. Und Sie verschweigen es.«

»Ich dachte, wir machen Showbusiness.«

»Man lügt doch in dieser Branche niemals *ganz*!«, erwidert Bauer. Er deutet auf die Unterlagen, die er mitgebracht hat.

»Hier steht die Wahrheit. Man muss immer nahe an der Wahrheit bleiben in diesem Geschäft. Täuschungsmanöver sind okay, zielführende Übertreibungen, verwirrende Gerüchte, alles okay – aber eine komplette *Erfindung*? Das ist dumm. Das bringt mehr Schaden als Nutzen!«

Nun beginnt Diamanti verständnisvoll zu nicken. »Ich verstehe Ihre Bedenken, Herr Bauer.«

»Was soll das heißen, Sie verstehen meine Bedenken?«

Diamanti wartet einige Sekunden, dann schaut er Bauer ernst und zugleich freundlich an, eine Mimik, die bei den meisten Mitarbeitenden relativ gut ankommt.

»Sie machen sich Sorgen um die Show, Herr Bauer. Ich werte das als Loyalität und danke Ihnen dafür. Aber glauben Sie mir, wenn ich Ihnen sage, dass alles in Ordnung ist. Die sechzig Millionen Zuschauer, die wir haben, interessieren sich nicht für die Wirklichkeit, sonst würden sie die Show nicht schauen. Die Zuschauer bleiben uns treu, solange wir die gewünschte Emotion liefern. Es ist alles unter Kontrolle. Wollen Sie vielleicht … mehr Geld?«

Nun wirkt Bauer ungeduldig. »Sie glauben, dass Sie der Show damit helfen? Mit einer kompletten Lüge? Und was passiert, wenn Ihre Gloria heute Abend gewinnt? Dann wird ein anderes Medienhaus die Wahrheit aufdecken. Die haben dann die tolle Geschichte, und wir sehen alt aus.«

»Das wäre schön«, erwidert Diamanti, einen Moment etwas verträumt, weil Bauer von *seiner Gloria* gesprochen hat. Ist das nicht schön?

Diamanti erinnert sich an die erste Begegnung mit Gloria. Damals sind ihm sofort ihre weichen, etwas verlorenen dunklen Augen aufgefallen, die Blässe ihrer schutzlosen Aschenputtel-Schönheit, hinter der etwas ganz anderes zu schlummern schien, ein Geheimnis, eine verborgene Energie oder – Entschlossenheit?

»Sie wird nicht gewinnen«, sagt Diamanti.

Bauer runzelt die Stirn. Er will wissen, wie Diamanti so etwas behaupten kann, wie er sicher sein kann, dass Gloria heute Abend nicht gewinnt, schließlich sind Publikum und die Jury am Ende häufig unberechenbar, das haben die vergangenen Jahre gezeigt.

Diamanti lehnt sich in seinem Stuhl zurück. Er antwortet nicht sofort. Denn er weiß nicht, wie er es formulieren soll. Obwohl es *möglich* wäre, ist er sicher, dass Gloria nicht gewinnen wird, auch wenn es nur ein Gefühl ist, eine Ahnung. Eine sehr deutliche Ahnung. Aber das genügt nicht, damit Diamanti seine Überzeugung begründen könnte, jedenfalls nicht so, dass es einigermaßen vernünftig klingen würde. Außerdem: was geht es diesen Bauer eigentlich an? Genau genommen geht es ihn gar nichts an. Es ist am besten, es dabei bewenden zu lassen und das Thema zu wechseln.

»Wir manipulieren die Öffentlichkeit«, sagt Diamanti. »Kunstnamen und verdrehte Lebensgeschichten gibt es, seit es Menschen gibt, genau wie die Erfindung des Luftschlosses. Seit wann stört das die Leute? Die Medien manipulieren uns jeden Tag. Das ist nun einmal ihr Wesen.«

»Ihr Wesen?«

Diamanti lächelt. »Die meisten Menschen wollen es nicht wahrhaben, natürlich. Sie wollen nichts davon wissen. Sie wollen nicht aufwachen, sie ertragen die Realität nicht. Weil sie Illusions-Junkies sind, Happy-End-Religiöse. Deswegen werden Leute wie wir so gut bezahlt, ist es nicht so? Um die Illusion am Laufen zu halten.«

Über diese Bemerkung scheint Bauer entweder ernsthaft nachzudenken, oder er überlegt – gut möglich – ob er dieses Meeting abbrechen soll, um seinen Chefredaktor anzurufen und ihn über alles zu informieren.

In der Tat könnte Bauer jetzt einfach verschwinden, zurückgehen in seine Redaktion, um mit der Geschichte über Gloria noch vor dem Abend in die Online-Ausgabe zu gehen. Damit hätte er seinen sensationellen Enthüllungsbericht über die wahre Identität der jüngsten Finalistin von *Eurostar*. Sehr verlockend.

Auf der anderen Seite scheint dieser Bauer doch ziemlich intelligent zu sein, zumindest nicht dumm. Ihm muss klar sein, dass Diamanti sich revanchieren wird, wenn er die Geschichte ohne seine Erlaubnis veröffentlicht. Ihm muss klar sein, dass er keine Infos mehr bekäme, keine Interviewtermine, kein Hintergrundmaterial – jedenfalls nicht, solange Diamanti das Sagen hat. Ja, das wird überhaupt der Grund sein, warum Bauer mit der Veröffentlichung der Geschichte bisher gezögert hat, dass er jetzt hier in Diamantis Büro sitzt. Er will seine Beziehungen zur Agentur nicht gefährden.

»Aber ich verstehe es nicht«, sagt Bauer schließlich.

»Sie verstehen *was* nicht?«

»Das Ganze.«

Diamanti versucht möglichst verständnisvoll zu nicken. »Sie verstehen nicht, um was es geht? Sie verstehen nicht, was wir am Ende verkaufen? Die frohe Botschaft der Selbstvermarktung?«

»Die frohe Botschaft?«

»Klingt doch gut.« Diamanti faltet die Hände über dem Tisch. »Oder wenn Sie das lieber mögen: Selbsterlösung durch Bildschirmpräsenz.«

Bauer scheint nach Worten zu suchen. »Ich verstehe nicht«, wiederholt er. »Ich verstehe nicht, dass wir die Glaubwürdigkeit der Show riskieren, nur um auf einer schlechten Erfindung zu beharren.«

Die Glaubwürdigkeit der Show? Das kann wohl nicht sein Ernst sein. Bauer kann unmöglich glauben, dass sie deswegen sechzig Millionen Zuschauer erreichen, weil sie *glaubwürdig* sind. Es ist doch klar, dass es nur darum geht, Emotionen zu liefern. Es geht um Menschen als Augenfutter, konsumiert auf dem Sofa. Es geht um den Kick der Zuschauer, wenn die Kurzzeit-Prinzessin, die Kampfzicke und der süße Nachbarsjunge die ersten Runden der Show überleben und dann doch ganz brutal abtreten müssen, mit echten Tränen inmitten der Bonbonfarben der Studiodeko. Ja, es geht um den Kick, übers Telefon *selbst* ein Teil der Show zu sein, ein Teil des Fernseh-Tribunals. Es geht darum, bequem vom Sofa aus Schicksale zu beeinflussen, Karrieren anzustoßen oder aber in wenigen Minuten zu zerstören.

»Die Show wird keinen Schaden nehmen«, erklärt Diamanti. »Überlassen Sie mir die Spesen für Ihre Recherchen, Herr Bauer. Ich bestehe darauf, dass wir für Ihren Aufwand vollumfänglich aufkommen.«

Aber der Journalist reagiert nicht.

»Sie wollen nicht mehr Geld?« Diamanti verliert langsam die Geduld. »Was wollen Sie?«

»Ich möchte verstehen. Alles, was ich über Gloria weiß, ist spannender als die erfundene Biographie des Studios. Warum verkaufen Sie nicht einfach die Wahrheit? Die Leute würden es lieben.«

Bauer blättert in seinen Unterlagen; Akten, Fotos, Berichte über Gloria, die er weiß Gott wie zusammengetragen hat. Der Journalist erwähnt das Ausländerviertel in der Schweiz, in dem Gloria gemäß seinen Recherchen aufgewachsen ist. Bauer erwähnt das Leben Glorias als Tochter eines Säufers und einer früh verstorbenen, portugiesischen Mutter, wahrscheinlich erschlagen vom Mann, einem Bauarbeiter. Er erwähnt Glorias Weg durch Schulen und Heime, erwähnt die Arbeit in einem Schuhladen in Zürich, mit dubiosen Verbindungen zu Nachtklubs und einer »Rockerbande«. Erwähnt Ereignisse, die sich zur Zeit von Glorias Kindheit zugetragen haben, in den 2000er Jahren.

»Eine wahre Cinderella-Story«, sagt Bauer, »von der Straße eines armen Einwandererviertels in den Olymp einer internationalen Show. Und Sie verwenden das nicht kommerziell?«

Diamanti seufzt. Wieder erinnert er sich an die Ohnmacht jener Blässe, als er Gloria zum ersten Mal begegnet ist. Er sieht das Gesicht noch genau vor sich: wie eine mit Sommer aufgeladene Wärme, kurz bevor das Gewitter hereinbricht. Ja. Es ist Glorias erstes Vorsprechen in der Schweiz gewesen, und Diamanti stand gleich unter dem Eindruck, dieses Mädchen zu kennen, seit ihrer Kindheit zu kennen, obwohl das vom Alter her natürlich ganz unmöglich ist, denn Diamanti könnte ihr Vater sein.

Er denkt daran, wie er Gloria später, vor den Viertelfinalen – vor etwa acht Wochen – nochmals getroffen hat, diesmal ohne Wissen der Produktionsfirma. Er hat eine unmögliche Vertrautheit gespürt und gedacht, dass sich dieses Mädchen im Umfeld der Show – dieser im Grunde dummen, kranken Darbietung – so fremd fühlen muss wie er selbst.

»Warum verschweigen Sie das?«, will Bauer wissen.

Diamanti winkt ab. »Es ist wirklich nichts, worüber Sie sich den Kopf zerbrechen müssen, ganz ehrlich.«

Doch der Journalist lässt nicht locker. »Ist es, weil die Produktionsfirma selbst damit rausrücken wird? Wollt Ihr das Mädchen heute Abend ins Messer laufen lassen, vor laufenden Kameras? Wollt Ihr dem Publikum heute Abend enthüllen, dass Gloria eine Lügnerin ist, dass sie von Anfang an über ihre Herkunft gelogen hat?«

Diamanti zuckt mit den Achseln. »Warum sollten wir das tun? Warum sollten wir Gloria öffentlich vorführen?«

»Wegen der Einschaltquoten, das wäre sehr dramatisch. Oder einfach aus Rache. Weil sie euch belogen hat.«

Bauer ist anzusehen, dass er immer weniger kapiert, was hier vor sich geht. Nun ja, da kann Diamanti leider nicht helfen. Außerdem drängt die Zeit. Er muss diesen anderen, wirklich wichtigen Termin wahrnehmen, deswegen ist er schließlich nach München gekommen – bestimmt nicht, um mit Bauer zu diskutieren.

»Ich muss mich nun leider entschuldigen«, sagt er.

»Unser Gespräch ist beendet?«

Diamanti überlegt. »Sie sind ein Profi. Sie können sich vorstellen, dass ich einen guten Draht zu Ihren Vorgesetzten habe, so wie zu allen wichtigen Redaktionen. Außerdem wissen Sie, dass Sie weiterhin für *Eurostar* arbeiten wollen.«

»Ich weiß das?«

»Ja. Und Sie wissen, dass ich noch andere Klienten habe, die für Sie interessant sind.« Diamanti faltet seine Hände über dem Tisch. »Sie wollen nicht mehr Geld, okay. Aber Sie sind ein Profi, deshalb wollen Sie vielleicht eine bessere Story.«

»Eine bessere Story?«

Diamanti geht in seinem Kopf ein paar Namen auf seiner Liste durch, dann beugt er sich vor, ein wenig verschwörerisch und geheimnisvoll. »Sie kennen den Schriftsteller Jonas Maria Clausen?«

Bauers Gesicht wirkt einen Moment erstaunt. Natürlich kennt er Jonas Maria Clausen, der Autor, der sich momentan in Europa am besten verkauft. Clausens Thriller werden von Hollywood-Regisseuren verfilmt. Und natürlich gehört auch Bauer zu den Journalisten, die ein Interview mit dem Erfolgsschriftsteller ergattern wollen.

»Ich kenne Johannes Maria Clausen persönlich«, erklärt Diamanti. »Unsere Agentur übernimmt die PR für seinen nächsten Thriller, der im Herbst erscheint.«

»Ein neuer Thriller?«

Diamanti nickt.

Bauer senkt den Blick, betrachtet die Tischplatte vor sich. »Wir hatten noch nie ein Interview mit Clausen.«

Diamanti lässt ihm Zeit, gibt ihm den Raum, den er braucht, um sich vorzustellen, wie es wäre, wenn er, Bauer, den berühmten Bestseller-Autor für ein Exklusivinterview befragen könnte. Das gäbe mindestens zwei Doppelseiten in der Printausgabe, online ergänzt durch einen Videotalk und verschiedene Nebengeschichten. Es wäre wunderbar, wieder einmal einen echten Promi in der Zeitung zu haben. Und vor allem: wie würden Bauers Kolleginnen und Kollegen aus den Lokalredaktionen über diesen Coup staunen!

»Ich werde versuchen, Clausen für ein Interview mit Ihnen zu gewinnen«, erklärt Diamanti.

»Ja?«

»Ich mache keine Versprechungen, die ich nicht halten kann. Ich verschaffe Ihnen einen Termin bei Clausen. Im Gegenzug vergessen Sie die Sache mit Gloria. Und zwar alles.«

»Ich verstehe – Erpressung.«

»Unsinn. Ein Geschäft. Und zwar ein sehr gutes Geschäft, würde ich meinen.«

4

In der Zwischenzeit hat sich Gloria – sechs Stunden vor dem Finale – wieder in ihre Suite zurückgezogen. Achtzig Minuten Pause.

Während der Pressekonferenz nach dem Mittagessen ist ihr schlecht geworden. Ein Journalist wollte wissen, ob es sie »verletzt« habe, in der deutschen und englischen Presse als »Intrigantin« bezeichnet zu werden, nachdem Kandidaten, die inzwischen ausgeschieden waren, den »Kampf hinter den Kulissen« in den Medien geschildert und behauptet hatten, Gloria habe mindestens drei Anwärter mit »niederträchtigen Methoden« aus dem Rennen geworfen.

Journalisten! Zuerst verbreiten diese Leute alle möglichen Gerüchte über jemanden, stiften alle möglichen Menschen dazu an, ihre Gerüchte zu kommentieren und zu ergänzen, so dass noch mehr Gerüchte entstehen – dann kommen diese Schreiberlinge und wollen, dass auch noch *der Betroffene selbst* einen Kommentar abgibt, um mit dem Müll noch mehr Zeitungen zu verkaufen.

Gloria füllt Mineralwasser in ein Glas und trinkt. Sie denkt an die Stimmen und Gesichter der Medienleute während der Pressekonferenz in der Aula. Sie denkt an die Blitzlichter der Fotoapparate, an das leere Geschwätz der beiden anderen aus der Finalrunde – Melanie aus Deutschland, Jason aus Irland – an die auf- und zuschnappenden Münder der Reporter in der ersten Reihe.

Was hat Gloria auf die Fragen geantwortet?

Sie kann es schon nicht mehr sagen. Jedenfalls nicht die Wahrheit, soviel ist sicher.

Niemals ehrlich sein: Bereits letztes Jahr ist sie dieser Devise gefolgt, während des Finales von *Superstar Schweiz*, die Castingshow in ihrer Heimat, die sie gewonnen hat, um sich für die europäische Endrunde zu qualifizieren.

Natürlich ist hier bei *Eurostar* alles schneller und härter, die Konkurrenz gerissener. Aber Gloria konnte während der Achtel- und Viertelfinale einen großen Vorteil gegenüber den anderen Kandidatinnen und Kandidaten für sich verbuchen. Die meisten Leute, die einem Mädchen wie Gloria begegnen, neigen dazu, sie eher zu unterschätzen – ihre Blässe, die scheinbare Schüchternheit und Zerbrechlichkeit –, und dadurch ist es ihr möglich gewesen, sich während der ersten Runden im Fahrwasser der Siegessicheren zu bewegen und dabei, sozusagen hinter dem Rücken der anderen, das Publikum für sich zu gewinnen, das dazu neigt, den Underdog zu favorisieren.

Später hat Gloria mit anderen Tricks nachgeholfen. Zum Beispiel hat sie die eine oder andere Schwäche der Favoriten aufgespürt, Hinweise auf Leichen im Keller ihrer Biographie, die dann wie durch Zauberhand den Weg in die Medien gefunden haben – dazu hat Gloria ihre externen Kontakte genutzt. Sie bereut nichts. Nein, es musste sein. Und doch ist da etwas, das sie jetzt beunruhigt.

Kommt jetzt doch die Angst? Das könnte gut sein. Gloria hat es erwartet. Gloria ist darauf vorbereitet. Die Leute, denen sie vertraut, haben schon ganz am Anfang, als sie den Plan gefasst haben, gesagt, dass dieser Moment kommen würde, dass er sehr wahrscheinlich kurz vorher kommen würde. Dass sie das zulassen und dann versuchen müsse, es vorbeiziehen zu lassen, wie Wolken am Himmel einer plötzlich veränderten Stimmung.

Ja. Sie spürt, wie das Gefühl der Furcht und das Gefühl der Lähmung stärker werden, wie die Angst in ihrem Körper mit fiebrig warmen Händen um sich greift und versucht zuzudrücken. Aber es ist nicht die Angst vor den Medien. Nein, es ist nicht die Angst vor weiteren dummen Fragen. Es ist auch nicht die Angst vor den Fallstricken der Show heute Abend. Und es ist auch nicht die Angst vor der Judas-Freundschaft derjenigen, die in der Regie sitzen, die immer alle Kandidaten lieben, die beim Publikum gut ankommen, und exakt auch nur so lange. Die Die Produktionsfirma, will dich im entscheidenden Moment fallen lassen. Nein, *davor* hat Gloria keine Angst. Sie fürchtet nicht, das Finale heute Abend zu verlieren, denn sie will es gar nicht gewinnen. Sie fürchtet nicht das Urteil des Publikums oder der Jury.

In Wahrheit fürchtet sie nur, dass sie plötzlich *zögern* könnte, wenige Meter vor dem Ziel.

Während Gloria im Hotelzimmer wartet, kontaktiert Diamanti den berühmten Beststeller-Autor Jonas Maria Clausen, der im Moment in London weilt. Es ist ein kurzes Telefonat.

»Ich habe die Druckfahnen bekommen, Herr Clausen«, sagt Diamanti. »Ein Meisterwerk. Ich bewundere die kreative Art, wie bei Ihnen schöne, nackte Frauen zu Tode kommen. Große Kunst! Ein Traum für unsere Agentur, dieses Meisterwerk auf den Markt zu begleiten.«

»Danke.«

»Und der Tod des Zuhälters im achten Kapitel, mit dem Kopf in der Waschmaschine unter dem Bordell, das hat man so noch nie gelesen.«

»Oder in einem Film gesehen.«

»Richtig«, bestätigt Diamanti. »Das wird man auch im Kino zum ersten Mal sehen, ich freue mich darauf.«

Mit dem PR-Strategiepapier, das die Agentur letzte Woche nach London geschickt hat, ist der Star-Autor offenbar auch einverstanden. Er scheint keine Einwände zu haben, so dass Diamanti sich nach dem Gespräch erleichtert fühlt.

In letzter Zeit strengen ihn seine Kunden, selbst die angenehmen, an. Das war früher nicht so. Manchmal fragt er sich, woran das liegen könnte, ob er vielleicht berufsmüde geworden ist. Manchmal, aber nicht heute.

Heute weiß er, warum er so angespannt ist: weil nun der eigentlich wichtige Termin ansteht.

Diamanti verlässt die Agentur, die sich im Osten von München befindet, und fährt mit dem Taxi ins Zentrum. Er lässt sich zu einem unscheinbaren Drei-Sterne-Hotel bringen, nördlich der Theresienwiese, nicht weit entfernt von den Fernsehstudios.

In diesem Hotel besucht Diamanti einen jungen Mann, dem er seit April auf der Spur ist. Einen Mann, der es immer wieder geschafft hat, ein Treffen zu vermeiden. Bis er sich für den heutigen Tag darauf eingelassen hat.

Auf dem Bett sieht Diamanti Laptops, Kopfhörer, Kabel liegen; auf dem Tisch sind verschiedene Bildschirme aufgebaut.

»Also gut«, sagt Diamanti, »ich bin gespannt, was du hier für Gloria machst.«

5

Drei Stunden vor dem Finale. Gloria steht für die letzte Probe mit dem Fernsehteam im dekorierten Studio.

Im Hintergrund schweben rote, goldene und grüne Sterne, gesteuert von der Lichtregie im Kontrollraum, während Kameraleute, im Halbkreis verteilt um die Bühne, Anweisungen geben, Winkel und Kamerafahrten checken.

Als Melanie aus Deutschland und Jason aus Irland zu ihnen stoßen, wird der Ablauf geprobt: das Betreten der Bühne, die Bewegungsabläufe während der Songs, die Tanzchoreographie, das Posieren vor dem Großbildschirm im Hintergrund, wo während der Show Videos eingespielt werden – Videos über den Karriereweg, die Hoffnungen und Träume der Titelanwärter.

Zusammen mit dem Moderator, einem ziemlichen Hohlkopf in leuchtend gelben, zu engen Hosen, üben sie die Schritte von der Tribüne zum Jurytisch und wieder zurück. Geprobt werden auch die Dialogzeilen, die von der Zentralredaktion festgelegt worden sind und an die sich alle zu halten haben.

Während der Probe bemerkt Gloria die Übermüdung im Lächeln der Assistentinnen. Gloria riecht das süßlich-holzige Parfüm, das entweder zu Melanie aus Deutschland oder zur Regieassistentin gehört, versucht es zu ignorieren, konzentriert sich auf die Bewegungen der Kamera. Konzentriert sich auf den Bühnenboden aus Plexiglas, der blitzsauber glänzt.

Konzentriert sich auf die dunkelgrauen Kabelschlangen über ihren Köpfen. Auf die Metallstreben unter der Studiodecke, an denen verschiedene Scheinwerfer hängen – Riesenaugen, die brennend auf sie herab starren.

Home is where I want to be.

Seltsam, denkt sie, wie sich alles fügt. Es ist jetzt wirklich der Tag, denkt sie, es ist jetzt *wirklich der Tag*.

Sie schließt die Augen und entfernt sich langsam von den anderen, vergisst die Kamera, vergisst die Scheinwerfer, den Plexiglasboden. Erinnert sich an den Traum der letzten Nacht. An den Traum aus der Zeit des Sees, in dem sie als Mädchen geschwommen ist, mit den Jungs der Oberstufe: hinaus zur Boje und wieder zurück. Zurück ans Ufer unter den Baum, unter dem Chantal mit ihrem Sonnencreme-Duft wartet.

Gloria ist gerade neun Jahre alt geworden. Sie liebt den See. An diesem Nachmittag – Sommer 2010 – steigt Chantal mit der Kleinen ins Wasser und schwimmt mit ihr um die Wette. Gloria ist schneller, aber sie weiß, dass das nur sein kann, weil Chantal sie gewinnen lässt, oder weil Chantal wieder einmal müde ist.

Gloria kann nicht verstehen, in welchem Zustand sich ihre Freundin wirklich befindet. Noch ist sie zu jung. Ihr fällt nur auf, dass sich Chantal manchmal eigenartig benimmt, als würde sie plötzlich schwere oder traurige Gedanken haben. An solchen Tagen kann es sein, dass Chantal kaum ein Wort sagt und unerreichbar wird. Es kann sein, dass sie sogar Mauro die kalte Schulter zeigt.

Mauro ist ein eindrucksvoller Typ. Er ist Chantals Freund. Und er behandelt Gloria wie seine eigene, kleine Schwester.

Mauro ist auch der Anführer einer Motorradgruppe, die jeder im Quartier kennt; selbst die Portugiesen oder Albaner wagen nicht, Mauro frech zu kommen.

Mauros Bande gehört zu einer noch größeren Gang mit älteren Leuten, die außerhalb der Stadt ein Lokal namens »Sixty Nine« besitzen. Ein Lokal, das Gloria ab und zu mit Chantal besucht.

Für Gloria ist das geheimnisvoll, eine fremde Welt. Sie weiß nicht, wie das alles zusammenhängt: Mauros Gang, die anderen, älteren Motorrad-Kerle, die schönen Frauen in diesem Klub. Doch das spielt keine Rolle, solange Chantal dabei ist. Wenn die Freundin, so wie heute, lange mit ihr draußen am See bleibt und mit ihr ins Wasser kommt, dann ist das für Gloria ein wunderbarer Tag. Chantal bleibt mit ihr bis zum Abend am See.

Dann müssen sie wieder zurück ins Ausländerviertel, in dem sie leben, ein Viertel, das zur Stadt Rorschach am Bodensee gehört. Es ist eine Gegend voller Arbeiter aus Italien, Spanien und aus dem Balkan. Glorias Mutter ist Portugiesin und arbeitet in einer Taschentuchfabrik, der Vater ein Bauarbeiter aus Madrid. Sie haben sich 1998 in der Ostschweiz kennengelernt und bald darauf geheiratet. Im Jahr 2001 kam Gloria zur Welt. Manchmal wünscht Gloria sich, dass der Vater nicht mehr nach Hause kommt. Er schreit Glorias Mutter oft an.

Auch heute geschieht es wieder. Mama und Papa stehen in der Wohnstube und schreien, als Gloria vom Baden zurückkommt. Ausnahmsweise ist die Mutter lauter als der Vater.

Gloria versteht nicht, worum es geht, aber als die Mutter sieht, wie die Kleine die Wohnstube betritt, die schwarzen Haare nass vom See, die Badetasche umgehängt, scheint sie für Sekunden zu erschrecken.

Die Mutter will die Kleine zur Begrüßung in die Arme schließen, aber der Vater kommt ihr zuvor. Er stößt die Kleine weg und versetzt der Mutter einen Tritt, mit dem Fuss in den Bauch.

Gloria will ihrer Mama helfen, aber der Vater stößt sie erneut weg, so leicht, als sei sie nur ein kleiner Stuhl. Dann verpasst er der Mutter eine Ohrfeige, so dass sie mit dem Kopf gegen die Wand knallt. Gloria klammert sich an die Mutter und versucht sie zu schützen, bis der Vater von ihnen ablässt. Er stürmt in die Küche und zerschlägt Gläser und Teller, bevor er wütend die Wohnung verlässt.

Die Mutter, die in der Fabrik seit einigen Monaten während der Nachtschicht arbeiten muss, will sich krankmelden, weil sie Angst hat, die Tochter an diesem Abend alleine zu lassen, doch dann bietet Erica, die brasilianische Nachbarin, an, die Kleine zu übernehmen.

Gloria möchte nicht bei Erica übernachten. Sie möchte zu Chantal gehen. Chantal wohnt in einem der Häuser im oberen Teil der Siedlung; nicht weit entfernt vom »Spanischen Klubhaus« beim Bahnübergang, wo Gloria mit anderen Kindern aus dem Quartier manchmal den Sonntagnachmittag verbringt.

Chantal wohnt allein mit ihrer Mutter, einer Französin, deren Mann vor ein paar Jahren fortgegangen ist, nach Basel, wie Chantal einmal erzählt hat.

Als Gloria an diesem Abend bei Chantal vor der Tür steht, bewegt die Freundin langsam ihren Kopf hin- und her. »Schon wieder? Was hat er diesmal gemacht?«

Aber die Kleine muss nichts erklären. Chantal weiß, wie oft Glorias Vater – sie nennt ihn gern »Neandertaler« – die

Kleine in die Flucht geschlagen hat. Vor ein paar Wochen erst hat man die Polizei gerufen, doch die haben gesagt, dass sie nichts unternehmen können, solange Glorias Mutter den Neandertaler nicht anzeigt.

Gloria fühlt sich sicher in Chantals Wohnung. Auch wenn Chantals Mutter sie manchmal böse anschaut.

Goria weiß, dass Chantals Mama nichts dafür kann, denn sie muss immer diese hellblauen Pillen zu sich nehmen, die sie manchmal traurig und dann wieder gereizt machen.

Meistens sitzt die Mutter auf dem Sofa und starrt auf den Fernsehschirm oder in die Luft. Oder sie will, dass Chantal zum Supermarkt geht, um Wein und Zigaretten zu besorgen.

Chantal weigert sich immer häufiger.

»Such dir einen neuen Drogenlieferanten! Bald verschwinde ich aus dieser Stadt. Ich werde eine berühmte Sängerin, dann siehst du mich nie wieder.«

»Sicher!«, spottet die Mutter, »Du und deine Rockerfreunde, das sind Kriminelle. Du gehst mir nicht in diesen Klub. Und du nimmst die Kleine nicht mit. Das sind alles Huren dort.«

Für Gloria ist unklar, warum die Mutter so vom Klub redet, aber sie vertraut Chantal, und Chantal denkt nicht daran, sich von der Mutter das »Sixty Nine« verbieten zu lassen.

An diesem Abend gehen Gloria und Chantal zuerst in die Trattoria hinter dem Bahnhof. Dort verkehren neben Italienern und Kroaten auch Portugiesen. Der Chef der Trattoria kennt die Mädchen. Er kennt auch Glorias Eltern.

Chantal sagt zu Gloria, dass Mauro sie bald abholen wird, dass sie zusammen in den Klub gehen.

Gloria freut sich auf Mauro. Sie sieht, wie er Chantal manchmal küsst, so wie die Liebenden im Fernsehen. Sie sieht, wie viele Muskeln Mauro hat und wünscht sich, Mauro würde ihre Mama vor dem Vater schützen. Sie wünscht sich, Mauro wäre *wirklich* ihr älterer Bruder, dann käme er am Abend nach Hause und könnte den Vater wegschicken, wenn er sich danebenbenimmt.

Tatsächlich ist es schon vorgekommen, dass Mauro Glorias Vater eine Lektion erteilt hat, an einem Sonntag vor dem Klubhaus. Chantal muss ihm vom schlechten Benehmen des Vaters erzählt haben, denn Mauro hat vor dem Klubhaus auf Glorias Vater gewartet. Er hat sich auf ihn gestürzt, hat ihn zu Boden geschlagen und ihm zugerufen: »Du lässt die Kleine und ihre Mutter in Ruhe, kapiert!«

Das war letztes Jahr, und eine Weile hat es gewirkt.

»Der Alte ist wieder ganz der Alte«, sagt Chantal jetzt.

Inzwischen ist Mauro zu ihnen in die Trattoria gekommen und hat seine »Girls«, wie er sie nennt, zu Pizza und Eiscreme eingeladen.

»Ist das wahr?«, Mauro richtet seine Augen auf Gloria, große, hellblaue Augen. »Benimmt sich dein Vater wieder daneben?«

Gloria nickt.

»Er hat die Mutter geschlagen«, erklärt Chantal. »Er hat die halbe Wohnung zerlegt. Ihr müsst ihn stoppen.«

»Müssen wir?«

Chantal lächelt. »Wer sonst? Die Polizei? Die machen nichts. Rassistenschweine.«

»Bullen, *bah*!«, Mauro schüttelt den Kopf, schüttelt Arme und Hände, als würde es ihn gruseln. Dann beugt er sich vor. »Komm her.«

Chantal gehorcht und rückt näher. Sie lässt sich küssen, und Gloria denkt, dass der Kuss wieder genauso aussieht wie im Fernsehen, wenn sich die Liebenden in die Arme fallen.

Nach dem Eis gehen sie zu den Motorrädern und treffen dort ältere Mitglieder der Bande, um die Stadt zu verlassen. Sie wollen raus in den Klub fahren, aber bevor es losgeht, erinnert sich Gloria daran, dass Chantal zu ihrer Mutter gesagt hat, sie werde die Stadt verlassen und eine berühmte Sängerin werden.

»Stimmt das? Gehst du für immer von hier weg, wenn du berühmt bist? Nimmst du mich mit?«

»Natürlich nehme ich dich mit, Gloria. Wir bleiben zusammen, egal, was passiert. Das verspreche ich.«

Gloria glaubt ihrer Freundin. Chantal lügt nicht. Sie ist stark und kann alles erreichen, wenn sie will – das sagt auch Mauro immer. Im Klub »Sixty Nine« hat man Chantal sogar schon auf der Bühne singen lassen. Alle sind der Meinung, Chantal habe eine »Hammerstimme« und »das Zeug zum Star«.

Chantal ist beliebt im Klub. Man erfüllt ihr jeden Wunsch. Sie hat es sogar geschafft, dass die Leute im Klub zu ihrer kleinen Freundin nur noch Gloria sagen, obwohl das gar nicht ihr richtiger Name ist.

Gloria hat ihren richtigen, portugiesischen Namen nie gemocht, und seit Chantal mit Mauro im Kino gewesen ist und diesen Film gesehen hat, der »Gloria« heißt und von einer starken Frau handelt, die mit dem Revolver Gangster verjagt, seither finden alle im Klub diesen Namen für Chantals kleine Freundin passend.

Ja, das »Sixty Nine« ist ein Abenteuer. Die Frauen an der Bar freuen sich, die Mädchen aus der Stadt zu sehen.

Und da sind natürlich die Männer mit den Tätowierungen und Bärten, vor denen Gloria zuerst Angst gehabt hat – bis ihr erklärt wurde, dass es für die Männer hier verboten ist, eine Frau zu bedrohen oder gar zu schlagen.

»Kleine Schneeprinzessin,« grüßen Cheryl und Michelle, die an der Bar arbeiten. Gloria springt auf den Tresen und genießt die Zeit dort, weil die Frauen immer so herzlich und aufmerksam sind, als wäre die Kleine eine Art Wunder, das den Klub regelmäßig erleuchtet.

Dabei sind doch Cheryl und Michelle selber wie Engel, so schön, dass Chantal findet, sie müsse eines Tages ebenfalls so »sexy« sein wie die beiden. Das mit der Schneeprinzessin kommt daher, dass man im Klub findet, Gloria sei zu blass, zu schwächlich. Deswegen bringt ihr Bobby der Bär – der Koch – manchmal Spaghetti oder Chicken Nuggets mit Pommes.

An diesem Abend ist die Musik laut, der Klub voller Gäste. Cheryl und Michelle haben viel zu tun. Gloria sitzt mit Chantal und Mauro an einem der hinteren Tische, nahe der Bühne, wo die Discolichter über den Boden kreisen, wie kleine Sterne, hellrot und honigfarben.

Auf der Bühne treten Musiker auf, es singen Frauen, die sich so sexy bewegen wie Cheryl und Michelle, oder die Männer umarmen ihre Frauen auf der Tanzfläche zur Musik aus dem Radio. Gloria mag es, die Tanzenden zu beobachten. An der rechten Seitenwand des Lokals stehen Billardtische, an denen meist nur Männer spielen. Gloria kann beobachten, wie einer der Männer nach einer Weile sein Spiel unterbricht und rüberkommt, an Mauros Tisch. Er flüstert ihm etwas zu.

Mauro nickt. Dann sagt er zu Chantal: »Freddy möchte wissen, ob du heute singst.«

Chantal tut so, als habe sie die Frage nicht gehört. Der Billardspieler, vielleicht enttäuscht, geht wieder weg.

»Sie lieben dich«, meint Mauro.

Erneut reagiert Chantal nicht, tut so, als habe sie nichts gehört. Mauro wirft der kleinen Gloria Blicke zu, als erhoffe er sich von ihr Hilfe.

»Auch dich lieben sie«, sagt er.

Gloria strahlt ihn an. Sie weiß, dass Mauro auch sie gern hat, so wie er Chantal gern hat. Chantal, denkt sie, ist meine Schwester, und Mauro ist unser großer Bruder.

Sie beobachtet die Bühne, auf der die Männer ihre Frauen mit der Musik umschlungen halten. Sie machen interessante Sachen mit den Händen, und den Zungen. Immer wieder fallen die Honig -und Erdbeertropfen der Discobeleuchtung auf sie herab und versinken in den Haaren der Frauen, wie leuchtender Regen.

»Lass es sein.« Mauros Stimme klang plötzlich verärgert.

Gloria schreckt hoch. Sie weiß, dass auch Mauro manchmal wütend werden kann. Nicht so wie Glorias Vater, denn Mauro würde niemals einer Frau etwas tun, aber trotzdem – er kann durchaus laut werden.

Vielleicht hat Chantal, während Gloria von der Tanzfläche abgelenkt gewesen ist, etwas Dummes zu ihm gesagt. Und jetzt ist Mauro verärgert und erwartet von Chantal eine Entschuldigung. Doch Chantal entschuldigt sich nicht.

»Deine Freunde lieben mich nicht«, sagt sie. »Sie wollen mich nur ficken.«

Mauro nimmt einen Schluck von seinem Bier.

»Wer immer es wagen sollte, dich zu belästigen, ist ein toter Mann.«

Chantals Blick verändert sich. Ihre Augen wirken matt, abwesend, kalt. Ein Blick, den Gloria gut kennt.

»Was ist los, Baby?«

»Nichts«, Chantal schüttelt den Kopf. »Mir ist es hier zu laut, ich möchte mit Gloria ins Fernsehzimmer gehen.«

Oh, ja! Das liebt Gloria, wenn sie im Fernsehzimmer zusammen *Superstar Schweiz* ansehen, eine Talentshow, die Chantal nie verpasst.

Mauro hat nichts dagegen, wenn Chantal mit Gloria ins Fernsehzimmer geht. »Kein Problem«, sagt er. »Hauptsache, du hast später keine Kopfschmerzen, Baby.«

Der Fernsehraum befindet sich gegenüber den Billardtischen. In der Regel sind sie dort allein.

Gloria geniesst es, wenn sie nebeneinander auf dem Ledersofa sitzen und die Show verfolgen, oder manchmal eine Krimiserie, die Chantal mag. Oder auch ganz ohne Fernseher; wenn sie einfach nur zusammen auf dem Sofa sitzen. Wenn Gloria den Atemgeräuschen der Freundin neben sich lauscht und Chantals Haut riechen kann und ihre Hände neben den eigenen spürt, auf dem Leder des Sofas direkt neben sich. Dann greift die Kleine nach diesen Händen und wartet, bis Chantal fester zudrückt, bis sie spürt: wir werden für immer zusammenbleiben, nichts wird uns jemals trennen.

An diesem Abend ist *Superstar Schweiz* langweilig, weil einer der Nachwuchssänger – Kevin – von den Zuschauern gute Noten bekommt, während die Jury lange darüber streitet, ob er das Halbfinale überhaupt verdient.

Chantal meint, nein, und natürlich weiß sie meistens sofort, wer echtes Talent besitzt und wer nicht. Tatsächlich kommt es dann so, dass Kevin aus der Show rausfliegt. Am Ende, als Chantal den Fernseher abstellt und still neben der Kleinen auf dem Sofa sitzen bleibt, vielleicht enttäuscht von der Show, vielleicht erschöpft – sie schließt für einen Moment sogar die Augen – da möchte Gloria sie aufheitern.

»Ich fand diesen Kevin auch schlecht,« sagt sie. »Die anderen waren besser, aber sie sind längst nicht so gut wie du. Du bist die Beste und musst unbedingt in die Show gehen, dann wirst du garantiert gewinnen.«

»Mein Schatz«, lächelt die Freundin, »mein Schatz.«

Für einen Moment fürchtet Gloria, Chantal könne wieder

seltsam werden, mit den matten Augen und der Distanz zwischen ihnen, die Gloria nicht verstehen kann.

»Ich werde in die Show kommen und dich ins Studio mitnehmen«, sagt Chantal. »Ich werde das Finale gewinnen und berühmt werden, für uns.«

Gloria ist erleichtert. Wenn Chantal so redet, ist es ein gutes Zeichen. Sie glaubt, dass Mauro sich ebenfalls auf den Tag freut, an dem Chantal diese Show gewinnen wird.

Jedenfalls wirkt er gut gelaunt, als die Mädchen aus dem Fernsehraum zurückkommen und sich wieder an Mauros Tisch setzen.

»Du bist eine Wucht, Baby«, sagt er. »Blacky hat gestern mit dem Klub in Zürich gesprochen, erinnerst du dich? So, wie es aussieht, wirst du nächstes Jahr dabei sein! Dann zeigst du es diesen Fernseh-Clowns.«

Blacky ist der Chef hier im Klub, das weiß Gloria. Wenn Blacky etwas sagt, dann passiert es auch. Und er will offenbar dafür sorgen, dass Chantal sich für *Superstar Schweiz* bewerben kann.

»Stimmt das?«, Chantal macht große Augen. »Blacky wird mich unterstützen?«

Mauro nickt. »Der Klub hat seine Kontakte. Aber kannst du heute Abend nicht für unsere Jungs singen? Nur ein oder zwei Lieder.«

Chantal lässt sich überreden. Sie begibt sich auf die Bühne des »Sixty Nine« und wartet, bis Bobby der Bär, der nicht nur Koch ist, sondern auch Gitarre spielt, bei ihr steht und diese Melodie anstimmt, zu der Chantal immer so gern singt.

Home is where I want to be.

Die Leute applaudieren.

Hi, yo! I got plenty of time.

Dieses »Hi, yo!« gefällt Gloria besonders. Es kommt im

Lied einige Male vor, und es ist so lustig, wenn Chantal dazu wippt und den Kopf wiegt.

Hi, yo! This must be the place.

Während sich Chantal ganz dem Song hingibt, fällt der kleinen Gloria etwas auf, das ihr bisher noch nie aufgefallen war während eines Auftritts ihrer Freundin. Es ist etwas in Chantals Gesicht. Als sei da für Momente gar nicht mehr das Gesicht der Freundin zu sehen, sondern das einer anderen Frau.

Und dann, beim nächsten Song, als sich ihre Blicke treffen, denkt Gloria, dass Chantal gar nicht für die Leute im Klub singt, sondern in Wahrheit nur für *sie*. Nur für die Schneeprinzessin, für die kleine Schwester, die sie nie hatte. Ja, sie kann es in Chantals Augen sehen und denkt: Alles hier ist nur für uns, für niemanden sonst.

Die Männer klatschen auch nach dem dritten Lied, verlangen mehr, doch Mauro entscheidet, dass sein Baby sich jetzt ausruhen muss. Er will Chantal auf sein Zimmer bringen.

»Was ist mit Gloria?«, Chantal wirkt plötzlich wieder schlecht gelaunt. »Die Kleine muss bei mir zu Hause schlafen, wir können nicht hier bleiben.«

Doch Mauro meint, das sei doch gar kein Problem. Er sagt, sie können alle hier im Klub schlafen.

»O ja, bitte!«, ruft Gloria.

Sie findet die Idee super. Sie kennt die Zimmer drüben, in den Räumen neben der Bar. Dort gibt es große Betten mit tollen, weichen Kissen, wo auch Cheryl und Michelle schlafen; dorthin verschwinden die Männer des Klubs manchmal mit ihren Freundinnen.

Gloria und Chantal haben schon einmal im Klub übernachtet, vor ein paar Wochen, als Glorias Mutter mit ihrer Nachtschicht in der Fabrik begonnen hatte und der Vater verschwunden ist, vermutlich, um sich irgendwo in der Stadt zu betrinken.

Sicher, manchmal vermisst Gloria ihre Mutter. Andererseits ist klar, dass die Mutter in der Nacht keine Zeit hat, und auf gar keinen Fall will Gloria mit dem Vater allein zu Hause sein. Also hat Chantal mit Glorias Mutter verabredet, dass die Kleine, wann immer es nötig ist, bei ihr übernachten darf. Die Mutter war einverstanden, ohne zu wissen, dass die Mädchen sich in Wahrheit im Klub herumtreiben. Seltsam, dass sich Chantal diesmal so gegen Mauros Vorschlag wehrt.

»Komm schon, die Kleine schläft in Michelles Zimmer«, sagt Mauro, »heute Nacht brauche ich dich, Baby.«

Gloria ist gern in Michelles Zimmer, dort gibt es Puppen und Kleider, und Michelle ist immer nett.

Bevor sie sich trennen, streicht Chantal mit der Hand über Glorias Kopf und erklärt ihr, dass sie brav sein muss heute Nacht, und dass sie jederzeit zu ihnen rüberkommen kann, wenn sie Angst hat.

»Alles wird gut«, sagt sie.

Aber für Gloria ist es doch schon gut! Da sind in Michelles Zimmer die hübschen Kleider, da sind die Puppen aus Porzellan, und vor dem Einschlafen liest ihr Michelle sogar aus einem Buch vor, das die Kleine zwar nicht versteht, aber dennoch genießt, weil Michelles Stimme so schön ist.

Vielleicht gibt es in der Nacht Träume, knarrende Geräusche, die sie beunruhigen – doch am nächsten Morgen ist alles verschwunden.

6

Nach dieser Nacht im »Sixty Nine«, am Morgen auf dem Weg in die Schule, sieht Chantal müde aus. Sie sagt nichts über den vergangenen Abend, spricht auch nicht von Mauro.

Das mag Gloria zwar nicht, aber sie kennt es und hat sich daran gewöhnt. Sie hat sich daran gewöhnt, Chantal keine Fragen zu stellen, wenn sie in dieser Stimmung ist.

Gloria geht in den Unterricht, und nach der Schule wartet ihre Mutter vor dem Gebäude, draußen auf dem Pausenplatz.

»Hab keine Angst, meu amor,« sagt sie, »Papa und ich streiten nicht mehr.«

Gloria versteht es so, dass Mama und Papa wieder miteinander Frieden geschlossen haben, weil sie nicht länger wollen, dass Gloria darunter leidet.

»Wir sind uma família«, sagt die Mutter. »Ja?«

Tatsächlich benimmt sich der Papa zu Hause anders. Zum ersten Mal fällt Gloria auf, wie traurig seine Augen aussehen, wenn er am Tisch in der engen Küche sitzt oder von der Arbeit erzählt, von der Baustelle im Westen der Stadt.

In diesem Winter feiern sie Neujahr im »Spanischen Klubhaus«, mit Freunden und Bekannten aus dem Quartier.

Auch Chantal ist dabei. Ein schöner Abend. Sie sitzen an einem langen, lauten Tisch im vollbesetzten Klubhaus. Glorias Vater lacht viel, singt sogar mit Kollegen von der Baustelle. Später zieht er seine Tochter zu sich heran und drückt ihr schnapsfeuchte Schmatzer auf die Stirn. Es gibt Tortilla,

Arroz de Pato und Salame de chocolate, die Gloria besonders mag, eine herrliche Schokoladenteig-Rolle.

Gloria fühlt sich wohl.

Chantal zerrt plötzlich an ihrem Handgelenk und lockt sie für ein paar Minuten nach draußen.

»Frische Luft«, sagt Chantal.

Einige Minuten stehen sie vor dem Eingang und betrachten, über den umliegenden Dächern, die kalte, bewölkte Winternacht.

Es schneit, und sie schauen zu, wie die Flocken aus der Dunkelheit zu ihnen herabsegeln. Bei den alten Bäumen – drüben hinter dem Bahngleis – ragen knochige, wattenhell beschneite Äste aus dem Dunkel, und auf dem Kiesweg, der zu den Parkplätzen führt, glitzern Eisflächen im Laternenlicht.

»Wir müssen zusammenbleiben«, sagt Chantal.

Eine Schneeflocke landet auf ihrer Augenwimper. Gloria kann sehen, wie die Flocke schmilzt. Sie umarmt die Freundin und hält sie, so lange es geht, fest, hält sie länger und – länger.

In den nächsten Monaten erlebt Gloria ihren Vater leiser als sonst, zurückhaltend. Vielleicht hat er ein schlechtes Gewissen, vielleicht hat er Angst vor Mauro, dass er ihn wieder zusammenschlägt.

Einmal hört Gloria den Vater mit den Arbeitskollegen von der Baustelle in der Stube diskutierten. Einer der Männer erklärt, dass man jetzt »weniger Ausländer« in der Stadt haben will, weil sie den Schweizern »die Arbeit wegnehmen«.

»Verdammte Politik!«, ruft Glorias Vater aus.

Gloria versteht nicht und fragt später Chantal, was das zu bedeuten hat. Die Freundin erklärt es ihr: Manche Schweizer machen im Moment »Stimmung« gegen Ausländer, außerdem gibt es eine sogenannte »Ausschaffungsinitiative«. Das ist eine »politische Sache«, die zum Ziel hat, dass in Zukunft weniger Ausländer in der Schweiz arbeiten dürfen, und dass alle, die schon hier sind und »etwas angestellt« haben, aus dem Land geworfen werden.

»Du meinst, mein Vater könnte auch aus der Schweiz geworfen werden?«

Gloria stellt die Frage überrascht, ja überwältigt von der Vorstellung. Und überlegt, ob das wirklich *so* schlimm wäre, wenn man den Vater aus dem Land schaffen würde.

Für Mama, sagt sie sich, wäre es wahrscheinlich nicht gut, denn sie wäre ganz auf sich allein gestellt, und überhaupt ist der Vater in letzter Zeit friedlicher. Vielleicht, weil er Angst hat, dass er auf der Baustelle keine Arbeit mehr bekommt, oder dass man ihn aus dem Land wirft. Und wie Mauro einmal gesagt hat: Ein Mann ohne Arbeit ist kein richtiger Mann.

»Wer nicht für seine Frau und seine Kinder sorgt«, hat Mauro gesagt, »ist ein Schlappschwanz.«

Das möchte Gloria natürlich nicht. Sie möchte nicht, dass man ihren Papa aus dem Land wirft. Sie möchte, dass er zu Hause ist und Mama glücklich macht.

Und ja, wenn er am Abend nach der Arbeit nach Hause kommt, ist der Vater wirklich lieb zu ihnen. Einmal bringt er Mama sogar einen kleinen Blumenstrauß mit. Und an Glorias zehntem Geburtstag überrascht er die Tochter mit einem besonderen Geschenk: ein nagelneues Fahrrad mit rosa Lenkstange und schneeweißem Sattel. Ein Fahrrad, das »viel gekostet hat«, wie der Vater betont.

Von Chantal bekommt Gloria coole, schwarze Stiefeletten, die ihr natürlich auch gefallen, doch das Fahrrad ist unschlagbar. Sie radelt damit tagelang im Viertel herum, selbst bei Regen. Sie liebt es, auch dann noch, als sie zufällig mitanhört, wie Mama – beim Kaffee in der Küche der brasilianischen Nachbarin – erklärt, das Fahrrad sei »viel zu teuer« gewesen, Glorias Vater habe es nur gekauft, weil er im Moment »alles übertreibt« und Angst vor der »Scheidung« habe.

Gloria wird erst Jahre später herausfinden, dass ihre Mutter schon länger versucht, sich scheiden zu lassen. Freundinnen aus der Taschentuchfabrik haben ihr einen Anwalt in der Stadt empfohlen, der »Frauen in Not« hilft. Glorias Mutter trifft sich ein paar Mal mit dem Anwalt und sucht, in einem anderen Quartier, eine Wohnung für sich und Gloria. Eine Suche, die nie zum Abschluss kommen wird, so, wie es nie zur Scheidung kommen wird.

Aber das alles kann Gloria nicht wissen. Sie ist einfach glücklich, dass sich Mama und Papa zu Hause nicht mehr anschreien. Und dann, zweieinhalb Monate nach Glorias Geburtstag, folgt Chantals Geburtstag.

Die Freundin wird siebzehn Jahre alt!

Mauro organisiert im »Sixty Nine« ein großes Fest. Chantal trägt ein himmelblaues, glitzerndes Kleid. Es wird getanzt und gelacht – bis plötzlich Männer auftauchen, die niemand zu dem Fest eingeladen hat und die Gloria noch nie im »Sixty Nine« aufgefallen sind.

Sie tragen kurzgeschorene Haare und Lederjacken. Auch Mauro scheint überrascht, dass plötzlich diese Fremden erscheinen.

»Wir wollen freien Zugang zu den Frauen,« sagen sie.

Gloria versteht nicht, was das zu bedeuten hat. Offenbar geht es um einen »Deal in Zürich«. Um etwas, was die Fremden wohl für den Klub getan haben und wofür sie nun etwas zurückhaben wollen.

Wie auch immer: Es scheint, dass Mauro den Männern nicht geben will, was sie verlangen. Die Besucher werden wütend. Einer von ihnen packt Mauro am Kragen, und es kommt zu einer Schlägerei.

Michelle und Cheryl reagieren blitzschnell und bringen Gloria in Sicherheit, zusammen mit Chantal.

Sie eilen in die Zimmer nebenan, doch die Kleine hat genug Zeit, um die Eisenstange zu sehen, mit der Bobby der Bär aus der Küche gerannt kommt und beginnt, damit auf die Kerle einzudreschen, während Mauro und die anderen mit Fußtritten und Faustschlägen kämpfen, einige mit Messern oder einem länglichen, seltsam federnden, metallischen Gegenstand, den Gloria noch nie gesehen hat.

Später hört sie aus dem Nebenraum, in den die Frauen sie gebracht haben, Schreie und Geräusche von zerbrechendem Holz, von Glas, das am Boden zerschellt, an der Wand explodiert. Chantal, die Glorias Hand hält und mit ihr auf das Ende des Sturms wartet, zittert. Ihre Blicke wandern im Raum umher, als versuchten sie, sich irgendwo festzuhalten.

Home is where I want to be.

Es dauert ein paar Tage, bis der Klubraum wieder in Ordnung gebracht ist, bis die zerschlagenen Tische, Stühle, Spiegel, die Teller- und Glasscherben weggeräumt sind und auch die Bar wieder einigermaßen aussieht. An einem Freitagabend wird der Raum neu eingeweiht, mit Musik und Bier.

»Verdammte Kerle«, sagt Mauro und knallt sein Bier auf den Tisch. »Haben hoffentlich ihre Lektion gelernt.«

Er scheint nicht wirklich wütend, sondern grinst zufrieden. Dann schaut er zu Gloria, die neben Chantal am Tisch sitzt.

»Und du, Kleine? Dein Vater, benimmt er sich noch?«

Gloria nickt.

»Hat seine Lektion gelernt«, erklärt Chantal. »Ich wünschte, meine Mutter würde *ihre* Lektion lernen.«

»Deine Mutter?«

»Kein Wunder, dass mein Vater abgehauen ist.«

»Komm schon, Baby.« Mauro steckt sich eine Zigarette an. »Du kannst nicht wollen, dass wir deiner Mutter eine Lektion verpassen.«

Chantal starrt auf den Tisch, zwischen die Bierdeckel und Erdnussschalen. »Nein, meine Mutter könnt ihr vergessen. Die verrückte Kuh hätte aber nie ein Kind haben dürfen. Die will nur saufen und ihre Pillen schlucken.«

»War sie mal in der Irrenanstalt?«

Chantal starrt weiter auf den Tisch. »Sie wollte sich die Pulsadern aufschlitzen. Damals muss ich vier oder fünf Jahre alt gewesen sein, ich weiß noch, wie wir sie im Krankenhaus besucht haben.«

»Scheiße«, erwidert Mauro. »Beschissenes, verficktes Drecksleben.«

Gloria findet es cool, wenn Mauro so redet. Er kann fluchen wie kein anderer im Klub; ohne Unterbrechung eine ganze Minute lang, oder sogar noch länger.

»Verfluchtes, gemeines, hinterfotziges Hundeleben, das dich in den elenden, pickeligen, himmeltraurigen Arsch beißt!«

Mauro bringt Gloria zum Lachen. Er kann wirklich lustig sein, und dann plötzlich wieder sehr ernst. Zum Beispiel, wenn er den Mädchen seine Pistole zeigt.

»Dein Vater ist gefährlich«, sagt er zu Gloria. »Egal, wie er sich zu Hause gerade aufführt. Du musst auf der Hut bleiben. Du musst lernen, mit einer Waffe umzugehen.«

Auch das findet Gloria cool. Sie nimmt Mauros Waffe gern in die Hand. Nur Chantal ist dagegen. Sie findet, dass diese Waffen im Klub »verrückt« sind und eines Tages die Polizei auftauchen wird, und alle »im Gefängnis landen«.

Trotzdem gehen Chantal und Gloria mit Mauro und den anderen manchmal in den Wald jenseits des Flusses. Das ist eine verlassene Gegend, mit dem Motorrad etwa eine halbe Stunde vom »Sixty Nine« entfernt.

Während eines Ausflugs durfte Chantal sogar mit Mauros Revolver schießen. Sie hat auf Anhieb alle drei Blechbüchsen getroffen, welche die Männer auf eine alte Steinmauer gestellt haben.

»Du kannst super schießen!«, ruft Gloria.

Chantal antwortet nicht. Sie schweigt und tut so, als habe sie nichts gehört, oder als sei es für sie völlig normal, alle Büchsen zu treffen. Vielleicht will Chantal mit ihrem coolen Auftreten Blacky beeindrucken. Er ist der Chef der Bande, also auch der Chef von Mauro und den anderen im Klub.

Dieser Blacky wohnt, soviel Gloria versteht, normalerweise in Zürich, in einem der anderen Klubgebäude. Aber an diesem Tag besucht er Mauro und seine Leute im Wald. Blacky sieht älter aus als die anderen, hat aber genauso viele Muskeln. Auf den tätowierten Armen schlängeln sich Flammen; tintendick spannen sich über den Schultern Spinnweben; auf dem Rücken wehen Frauenhaare.

Wo Blacky auftaucht, erscheint meistens auch Robert, sein Helfer, seine »rechte Hand«, wie ihn die anderen nennen.

Robert hat ähnliche Tattoos wie Blacky, und ebenso viele Muskeln, vielleicht sogar mehr.

Gloria fällt auf, dass auch Mauro sich in Blackys Gegenwart anders benimmt als sonst – es ist fast so, als seien alle Leute im Klub nur Schüler und Blacky ihr Lehrer.

Dabei spricht Blacky in der Regel leise und ist freundlich, besonders zu Gloria. Man hat ihm von den Problemen zu Hause erzählt, von Glorias Vater. Blacky verspricht der Kleinen, dass der Klub immer auf sie aufpassen werde, was auch immer bei ihr zu Hause passiere.

»Verstehst du?«

Gloria nickt.

Blacky zeigt ihr seinen Revolver. Er ist schwarz und etwas größer als die Waffe von Mauro.

»Unsere Frauen können mit so etwas umgehen. Bei uns seid ihr sicher. Ein Mann, der in meinem Klub eine Frau schlägt, wird das für immer bereuen.« Blacky schaut die Kleine ernst an. »Aber wenn du mit Kerlen außerhalb des Klubs zusammen bist, Typen wie die, die euch kürzlich angegriffen haben und die jetzt alle ohne Eier rumlaufen, oder Typen wie dein Vater: dann ist es gut zu wissen, wie man so ein Ding benutzt, Gloria. Mauro wird dir auch noch beibringen, wie du einen Kerl sogar dann bezwingen kannst, wenn du keine Waffe dabei hast.«

Damit meint er wahrscheinlich *Karate*. Gloria hat schon gehört, wie die Männer darüber gesprochen haben. Man hat ihr erzählt, Blacky und sein Helfer Robert seien wegen diesem *Karate* einmal weit weggereist, »nach Japan«, um dort zu lernen – deswegen dürften sie heute den »schwarzen Gürtel« tragen.

Mauro, der von Robert ebenfalls Karate lernt, meint, dass damit auch Frauen, sogar kleine Frauen, in der Lage sind, einen Angreifer abzuwehren, ihn notfalls zu töten, allein mit den Händen.

»Ich will das alles lernen«, sagt Gloria.

Blacky wirkt zufrieden und verspricht ihr, dass auch Chantal Karate lernen wird. Dann lässt man Gloria auf die Blechbüchsen schießen. Die Kleine schafft es kaum, den Rückstoß aufzufangen – Mauro hilft ihr und hält sie fest, während sie feuert.

An einem anderen Abend trifft sich die Gruppe unten am Fluss. Sie grillen Fleisch und sitzen im Kreis um das Feuer herum. Chantal trinkt viel Bier, fast so viel wie die Männer, und betrachtet schweigend das knisternde Flackern des Feuers, als erwarte sie darin etwas Besonderes zu entdecken.

Die Männer schildern ihre neuesten Abenteuer, zum Beispiel, wie sie in der Region Winterthur ihre Gegner – die Panthers – bezwungen haben und mit einer Kiste »saumäßig teurer« Waffen zurückgekehrt sind.

Vielleicht gibt es einen Zusammenhang mit der Schlägerei im Klub, überlegt Gloria, traut sich aber nicht zu fragen.

Inzwischen ist ihr klar, dass es im Klub oft um »Drogen« und »Glücksspiele« geht, auch wenn das Worte sind, zu denen sie keinen wirklichen Bezug hat. So wenig wie zum Wort »Prostitution«, ein besonders schlimmes Wort. Chantal hat ihr verboten, es zu benutzen, und auch sonst hat Gloria dieses Wort noch nie gehört.

»Das Bier ist zu warm«, sagt Chantal.

Sie lässt sich von Mauro eine neue Flasche geben. Dann steckt sie sich eine Zigarette an. Sie atmet den Rauch ein und stößt, den Kopf nach oben geneigt, Dunstwolken aus.

Für einen Moment sind die Männer still, man hört nur das Feuergeknister. Plötzlich sagt Chantal: »Ich will nicht verrückt werden wie meine Mutter. Ich will ein Star werden und den Klub stolz machen.«

Mauro legt seinen Arm um sie. »Das wirst du, Baby. Das wirst du.«

Blacky erklärt, er habe Kontakte zum Fernsehsender in Zürich.

»Wir haben dich fürs Casting angemeldet.«

Chantal horcht auf. »Ich kann zum Casting für *Superstar Schweiz* gehen, nach Zürich?«

»Dein Name steht auf der Liste.« Blacky grinst. »Im September geht es los.«

Blacky lügt nicht. Chantals Name steht tatsächlich auf der Liste.

In den nachfolgenden Wochen fährt Chantal mehrmals nach Zürich. Sie berichtet Gloria von den Leuten im Fernsehstudio, wie nett diese seien, und dass sie, Chantal, vielleicht bald einen »Agenten« habe, der für sie Verträge mit dem Sender macht.

Noch nie hat Gloria ihre Freundin so glücklich erlebt. Und es wird noch besser, als sie im September erfahren, dass Chantal es geschafft hat. Sie hat die Vorauswahl überstanden und sich für *Superstar Schweiz* qualifiziert – und zwar gegen mehr als neunhundert Mitbewerber!

Im »Sixty Nine« wird die Nachricht aus Zürich so begeistert gefeiert, als hätte Chantal bereits die ganze Show gewonnen. Blacky und Mauro sind sicher, dass Chantal jetzt »durchstarten« wird, dass sie den Schweizer Titel holt.

Chantal läßt sich im Klub feiern und geht, wann immer sie da ist, auf die Bühne des »Sixty Nine«, um Songs einzuüben: strahlend, die Stimme verträumt und engelhaft hochschwebend zu den Sternen. Sogar wenn sie am Abend mit Mauro aufs Zimmer gehen soll, wie er es fast immer wünscht, wirkt Chantal glücklich.

Jetzt liebt sie ihn, denkt Gloria, jetzt *liebt* sie ihn.

Dies alles geschieht einige Tage, im Sommer 20212, bevor Glorias Mutter mit Blaulicht ins Krankenhaus eingeliefert wird. Wie man aus dem Polizeiprotokoll erfahren kann – einiges davon wird Gloria später, als Erwachsene, in einem alten Zeitungsartikel nachlesen –, ist es so, dass der Vater eines Morgens auf dem Parkplatz vor der Fabrik erscheint, in der Glorias Mutter während der Nachtschicht arbeitet.

Er wartet auf dem Parkplatz, bis seine Frau aus der Fabrik kommt, um sie zur Rede zu stellen, denn für ihn ist es unvorstellbar, dass sie sich scheiden lassen. Aber Glorias Mutter will die Scheidung. Sie will ein Leben in Freiheit. Ohne ihren Mann, der das nicht akzeptieren kann und der deswegen beginnt, auf sie einzuschlagen. Immer fester, bis sie zu Boden fällt und er mit Fußtritten weitermacht, in den Bauch, an den Kopf. Bewusstlos bleibt sie liegen, mit gebrochenem Arm, gebrochenem Handgelenk, zwei gebrochenen Rippen und einer Hinterkopfverletzung, an der sie auf dem Weg ins Krankenhaus stirbt.

An diesem Vormittag sitzt die inzwischen elfjährige Gloria in der Schule und brütet über einer Geometrieprüfung. Nach dem Mittagessen im Hort wird sie von der Schulleiterin ins Büro gerufen, wo man sie über den Tod der Mutter informiert. Man sagt ihr, ihr Vater sei »bei der Polizei« und werde ebenfalls nicht mehr nach Hause kommen.

Dies geschieht in Anwesenheit einer anderen Frau, die Gloria noch nie gesehen hat. Eine Frau, die sich anscheinend um Kinder kümmert, die »vorläufig« oder »längerfristig« nicht mehr daheim leben können.

Gloria verschränkt ihre Arme.

»Nein«, sagt sie.

Damit meint sie nicht nur, dass sie in keiner Weise willens ist, mit dieser fremden Frau mitzugehen, um in einem sogenannten »Heim« zu wohnen, mit anderen Kindern, die sich angeblich freuen, wenn »eine neue Freundin« zu ihnen stößt.

»Ich habe bereits Freunde«, erklärt Gloria. »Die besten Freunde, die ich haben kann.«

Das scheint weder die Schulleiterin noch die fremde Frau zu beeindrucken. Als Gloria ihnen vom Klub erzählt, von Chantal, Mauro und Blacky, wollen sie mit anderen Leuten telefonieren und tun ganz aufgeregt.

Noch am selben Nachmittag wird Gloria zu einem Auto gebracht. Man fährt sie aus der Stadt Rorschach hinaus auf die Autobahn. Sie sind eine knappe Stunde unterwegs, bevor sie ein großes Haus mit blauen Fensterläden erreichen, ein Kinderheim.

Zwei Männer müssen Gloria zwingen, das Haus zu betreten. Gloria schreit, weigert sich zu laufen und muss von ihnen zum Haupteingang ins Innere getragen werden, eine Holztreppe hinauf in den zweiten Stock, in ein Zimmer, das sie hinter ihr abschließen.

Es vergehen Wochen, bis Gloria mit einem der anderen Mädchen auch nur ein Wort wechselt. Und bis man ihr gestattet, mit Chantal zu telefonieren.

Chantal bekommt die Erlaubnis, Gloria im Heim zu besuchen. In einem länglichen Raum im Erdgeschoss – mit vergittertem Fenster, das auf den Spielplatz hinter dem Haus hinausgeht – sitzen sie an einem Tisch. Man lässt sie für ein paar Minuten allein.

»Bald wirst du wieder bei uns sein«, sagt Chantal.

Gloria nickt, obwohl sie spürt – wie ein Fieber, das sich in ihr ausbreitet – dass es nicht stimmt, dass sie so schnell nicht zusammenkommen. Aber sie möchte Chantal glauben, weil *Chantal* es glauben muss. Weil sie beide es glauben müssen.

»Wie läuft es mit der Show?«

Chantal erzählt es ihr. Sie hat einen Zettel dabei, auf dem alle Sendetermine für *Superstar 2012* stehen, damit Gloria keine Folge verpasst. Das sollte kein Problem sein. Im Heim gibt es zwei TV-Geräte, und einige der anderen Mädchen mögen die Show ebenfalls.

»Gut«, sagt Chantal.

Sie erwähnt Mauro und Blacky, die Gloria »schrecklich vermissen«, und erzählt etwas von Sandro, der Gloria »auch vermisst«. Sandro? Gloria kann sich erinnern. Ein unscheinbarer Junge aus dem Klub. Mauros jüngerer Bruder. Aber Gloria hat jetzt keine Lust, über ihn zu sprechen. »Er wollte dir Karate beibringen. Der Klub wollte, dass Sandro auf dich aufpasst. Weißt du nicht mehr?«

Gloria gibt keine Antwort.

»Vergiss es«, meint Chantal.

Sie verspricht, dass der Klub alles tun werde, damit Gloria aus dem Heim wieder rauskommt.

Gloria nickt. Sie muss an ihre Mutter denken. Letzte Nacht hat sie von ihr geträumt. Die Mutter ist ihr auf einem stillen, verlassenen Parkplatz erschienen, die Augen schwarz, leer. Sie hat ihr gesagt, dass sie auf sie wartet – dort, wo sie jetzt ist, wo es heller und schöner ist.

»Meine Mutter …«, beginnt Gloria.

Sie kann nicht weitersprechen und muss weinen. Chantal möchte sie trösten. Sie umarmt die Freundin, hält sie fest, und beginnt ebenfalls zu weinen. Dann wiederholt sie, dass der Klub alles tun werde, um Gloria hier rauszuholen.

»Ja«, erwidert Gloria, ohne daran zu glauben.

Manchmal, wenn sie in der Nacht in ihrem Bett liegt, im Schweigen ringsum, das wie eine große, weite Decke über den anderen, schlafenden Mädchen liegt, stellt sich Gloria vor, dass *alle* Kinder jetzt schlafen, nicht nur im Heim, sondern die Kinder draußen in der Stadt, alle Kinder dort draußen, die ein richtiges Zuhause haben. Sie stellt sich vor, dass die Kinder im ganzen Land tief und glücklich schlafen und dass nur die Leute im Klub noch wach sind. Nur Blacky und Mauro, nur Bobby der Bär und Chantal und Michelle.

Sie stellt sich vor, wie sie jetzt gerade Musik machen, wie sie im Klub tanzen. Sie stellt sich vor, wie Chantal die Arme ausbreitet und sich im Kreis herumdreht, und wie Mauro sie umarmt und küsst. Sie stellt sich vor, wie Chantal singt und die Herzen der Zuhörer berührt. Gloria kann – still im Bett liegend – Chantals Stimme hören, kann sich an die Wärme ihres Körpers, die über die Distanz hinweg zu ihr strömt, schmiegen.

Wie schön Chantal singt! Sie wird alle Menschen, die sie am Fernsehen sehen, überzeugen. Sie wird die Show gewinnen und ein Star werden – und *dann* wird sie Gloria aus dem Heim holen. Zusammen werden sie nach Zürich gehen und in einer schönen Wohnung leben. Einer Wohnung, die nur ihnen gehört. Ja. Außerdem wird ihr Chantal beibringen, wie man singt, damit auch Gloria auf der Bühne bestehen kann. Damit auch sie eines Tages die Herzen der Menschen berührt, damit auch sie eines Tages – geliebt wird.

Gloria freut sich. So kann sie einschlafen. Dann träumt sie davon, mit ihrem teuren Fahrrad mit rosa Lenkstange und schneeweißem Sattel in der Gegend herumzuflitzen, schwerelos, die Sommersonne auf der Haut. Oder sie träumt davon, Chantal zu treffen und mit der Freundin ins »Sixty Nine« zu gehen. Oder sie träumt davon, allein ins »Sixty Nine« zu gehen.

Dann betritt Gloria den Raum, in dem niemand zu sehen ist. Kein Mensch. Kein Blacky, kein Mauro. Die Plätze gegenüber dem Eingang, die Bar, die Billardtische und die Bühne:

im Halbdunkel liegt alles, im Stillstand der Nachtruhe, wenn der Klub nur für Gloria existiert, für niemanden sonst. Sie geht nach vorne zur Bühne, spürt ihr Herz klopfen, stellt sich das Publikum vor, stellt sich vor, wie sie das Mikrophon in der Hand hält und hört – sanft, weich – Chantals Lieblingslied.

Home is where I want to be.

7

Neun Jahre später wartet auf Gloria die größte Bühne, auf der sie je aufgetreten ist. Im Studio in München – zwei Stunden vor dem Finale – bespricht sie mit dem Moderator letzte Details.

In der Pause bittet sie um Wasser. Sie setzt sich auf einen Stuhl unterhalb der Bühne, in der Nähe des halbkreisförmigen, roten Tisches, an dem während der Show die Jury sitzen wird.

Als die Assistenten ihre Arbeit beenden und auch die Techniker weggehen, um sich zu verpflegen, bleibt Gloria noch einen Moment sitzen.

Sie wirft einen Blick auf die meterhohe Bildschirmwand über der Tribüne, auf der ohne Ton, wie aus einem nervös geschnittenen Stummfilm, bereits Clips laufen; Szenen aus dem Leben der Finalisten, aus denen auch Glorias Gesicht auftaucht und lachend über den Schirm flackert, erleuchtet, siegessicher.

Als Gloria die Bühne verlässt, sucht sie die Damentoilette auf, die sich in der Nähe des Backstagebereichs befindet.

In der Toilette ist sie allein, zumindest für ein paar Minuten. Gloria betrachtet sich im Spiegel über dem Waschbecken, betrachtet das Gesicht, das im Neonlicht wenig Ähnlichkeit hat mit dem Siegergesicht aus dem Videoclip.

Ein müdes, schmales Gesicht, mit Augen, die von weit weg, aus der Tiefe der spiegelnden Oberfläche, zu ihr schauen. Augen, die einer anderen Person gehören, einer Person, die bisher niemand im Studio gesehen hat und die niemand im Studio sehen will, ganz bestimmt nicht. Eine Person, die damit begonnen hat, die Kontrolle zu übernehmen. Die Kontrolle über Gloria, die Kontrolle über dieses Mädchen, das nicht gekommen ist, um zu singen.

You're standing here beside me.

»Hör auf«, flüstert sie.

Gloria geht zu den WC-Kabinen. Es sind drei Kabinen. Ihnen gegenüber befindet sich eine blau gekachelte Wand, und an dieser Wand ein blau gestrichener, hüfthoher Heizkörper.

Der Abstand zwischen Wand und Heizkörper ist nicht groß. Wenn Gloria die Hand zur Faust ballt, passt sie knapp hinein. Sie wirft einen Blick in den schmalen Raum zwischen Wand und Heizkörper, um sicher zu sein, dass das Paket da ist.

Es ist da, umwickelt mit einem grauen Stoff, festgeklebt an der Wand. Auf Mauro ist Verlass, so, wie auf Blacky und Blackys Helfer Robert und auf alle anderen im Klub Verlass ist. Mauro hat dafür gesorgt, dass Gloria die gleiche Pistole bekommt, mit der sie damals geübt hat; eine Walther PPS, acht Schuss Munition.

Gloria verlässt die Toilette. Sie geht nach oben, in eine der Garderoben, die für die Finalistinnen und Finalisten reserviert sind – nicht weit entfernt vom Regieraum.

Gloria verriegelt die Tür und setzt sich an den Schminktisch. Das Herz klopft, der Atem geht schneller. Auf dem Tisch steht eine Blumenvase mit weißen und roten Rosen, dazu ein Früchtekorb.

Sie isst einen halben Apfel. Am liebsten würde sie eine Zigarette rauchen. Das will sie schon verdammt lange, aber Rauchen ist überall im Haus verboten. Sie müsste nach draußen gehen, zum Seitenausgang der Studiohalle, wo jetzt wohl einige der Techniker herumhängen, um die letzten Zigaretten vor der Show zu genießen. Unter ihnen wahrscheinlich Robert, Blackys Helfer aus dem Klub – ja, Robert, der alles für Gloria tun wird. Robert, der während der Sendung darauf achten wird, dass niemand den Plan stört.

Der Seitenausgang? Soll sie es wirklich tun? Nein, lieber nicht, die Zeit ist zu knapp, gleich kommt die Frau vom Make-up-Team. Gloria nimmt einen weiteren Bissen vom Apfel. Ihre Hand zittert.

Was sagt die Uhr?

Achtzig Minuten.

Noch einmal überprüft sie das Handy, von dem niemand im Studio weiß. Das Gerät ist flach und leicht. Es wird nicht auffallen in der Innentasche des Seidenblazers, den Gloria gemäß Regie während ihres ersten Songs tragen muss. Beim zweiten Song soll sie dann ohne Blazer auftreten, damit das Publikum die ganze Pracht ihres mit Brillanten besetzten Kostüms bestaunen kann.

Doch so weit wird es nicht kommen. Gloria braucht nur den ersten Song, genau genommen nicht einmal das. Fünfzehn Minuten vor Beginn der Show, wenn sich die Finalistinnen und Finalisten im gemeinsamen Warteraum hinter der Bühne einfinden, wird Gloria noch einmal die Damentoilette aufsuchen und die Waffe an sich nehmen.

Dann wird sie mit den anderen im Raum warten, bis ihr Name aufgerufen wird. Sie wird warten und die Pistole unter dem Kostüm versteckt halten, wird die letzten Minuten durchstehen, wird sehr viel Geduld haben müssen und …

Plötzlich klopft es an der Tür.

Gloria sagt sich, dass es keinen Grund gibt, nervös zu werden, dass es keinen Grund gibt, jetzt *schwach* zu werden, dass es nur die Frau vom Make-up ist.

Wieder das Klopfen.

Sie steht auf und geht zur Tür.

Es ist nicht die Frau vom Make-up. Es ist Fabian Prinz, der Chef der *Eurostar*-Jury. Ein eingebildeter, schmieriger Kerl, ohne Zweifel der Schlimmste von ihnen.

»Happy Gloria«, sagt Prinz. Er setzt sein bekanntes TV-Grinsen auf. »Ich komme kurz vor dem Ende, meine Liebe, um dir den Sieg zu wünschen! Ich bin sicher, du gewinnst.«

Er deutet eine Verbeugung an, in seiner enganliegenden, dunkelgrünen Anzughose mit silbernen Nadelstreifen, der an den Anzug des Vorjahres erinnert, nur ist der Anzug beim Finale 2020 gelb gewesen, wenn Gloria sich recht erinnert.

»Danke.« Gloria macht keinerlei Anstalten, ihn herein zu bitten.

»Du bist jetzt wahrscheinlich sehr aufgeregt.« Prinz grinst immer noch. »Das ist normal, aber du wirst es schaffen. Ich kann es spüren, du bist eine Gewinnerin. Denke immer an dein Ziel.«

Das Herzklopfen lässt nach. Sie wird ruhiger, ruhiger. Sie blickt ihm direkt in die Augen. »Keine Sorge – ich werde mein Ziel nicht verfehlen.«

»Recht so.« Prinz breitet die Arme aus, als wolle er sie umarmen.

Gloria rührt sich nicht von der Stelle. Sie wartet. Zwei Sekunden, drei Sekunden, vier Sekunden.

Endlich streckt er seine Hand aus. Gut, *das* kann sie ihm zugestehen. Keine unnötigen Provokationen jetzt.

Gloria legt ihre Hand in seine Hand.

Doch Prinz will sie nicht einfach schütteln, sondern er führt ihre Hand an seine Lippen, um sie zu *küssen*.

Gloria ist wie versteinert. Sie erinnert sich, wie Prinz vor einigen Wochen, vor dem Halbfinale, versucht hat, sie in seine Suite zu locken und auf den Mund zu küssen.

»Na dann«, sagt er, »wir sehen uns.«

Er dreht sich um, vielleicht verärgert, ziemlich sicher verärgert, und schreitet davon.

Drinnen im Zimmer setzt sich Gloria zurück an den Schminktisch.

Noch 65 Minuten.

Alles in Ordnung, denkt sie. Alles gut.

64 Minuten.

8

Tatsächlich ist Fabian Prinz, der Präsident der Jury, nach dem Besuch bei Gloria verärgert. Allerdings ist die kleine, frigide Schweizerin nicht der Grund für seine Stimmung.

Es hat eher mit dem Ghostwriter seiner geplanten »Autobiographie« zu tun. Für kommenden Frühling ist ein Buch über Fabian Prinz als Ex-Popstar der 1980-1990er Jahre geplant. Als Vorschuss ist bereits eine stattliche Summe geflossen. Der Verlag verspricht sich einen Bestseller für Musik-Nostalgiker, das heißt: für Leute, die schon etwas in die Jahre gekommen sind, die tatsächlich noch *lesen* und gern in Erinnerungen schwelgen. Ein Buch, das vor allem den weiblichen Fans erlauben soll, die goldene Ära des Pop in leicht verdaulicher Form wieder aufleben zu lassen.

Ja, die 1980er Jahre! Damals ist Fabian Prinz ein Star gewesen. Nicht nur in Europa, auch in Amerika und Japan wurden seine Hits von Millionen gekauft. Kaum zu glauben, wie lange das her ist. Manchmal erscheint es ihm wie der Traum eines anderen. Ist das wirklich *er* gewesen damals in den überfüllten, elektrisch aufgeladenen Stadien? Erinnert er sich richtig an die Fans im Blitzlichtgewitter der Tournee-Städte, an die an der Presse vorbei ins Hotel geschmuggelten Frauen, an die Wodka-Shots im Flugzeug bei Nacht?

So viele Leute hat er damals in sein Herz gelassen, ohne die geringste Mühe, ohne die geringste emotionale Security. Die Türen der Neugier standen offen, weit und ahnungslos wie die Erwartungen. Frauen und Männer, Kritiker, Arschkriecher, Verwirrte, Groupies: Prinz hat sie *alle* geliebt, ohne Kreditlimit. Und die Abenteuer auf dem Piratenschiff der Drogen haben ihres dazu beigetragen, alles in Schwung zu halten.

Nie hat er Böses über die Menschen gedacht. Denn was Menschen wirklich sind, hat er noch nicht gewusst. Hat er auch in Bezug auf sich selbst noch nicht gewusst. Stattdessen hat er schöne, edle Dinge auf sich und die anderen projiziert – Wahrhaftigkeit, Lebendigkeit, Hingabe – und mit diesem Luftgespinst erfolgreich die Realität abgewehrt.

Heute gelingt ihm dieser Zaubertrick nicht mehr. Zu stickig ist die Luft geworden, zu runzlig die Körper, zu ausgeleiert die Muschis. Müde Glieder und Rückenoperationen statt ausverkaufter Stadien. Zwangsernüchterung statt Wodka. Das wahre, weichzeichnerfreie Leben.

Prinz kann nicht mehr *glauben,* das ist es. Und zwar schon lange nicht mehr. Er kann nicht einmal mehr sagen, wieso er *versuchen* sollte zu glauben, was die Anstrengung wert wäre.

Natürlich weiß er, dass da draußen nach wie vor Fans rumlaufen, die es schaffen zu glauben, irgendwie verschont von der Ernüchterung. Sie glauben an die Menschen, ans Menschliche im Menschen, an Anstand und Liebe. Wie Teenager schreiben sie ihm auf Facebook oder Instagram, posten alte Videos und Songtexte. Derart süße Songtexte, dass Prinz sie kaum erträgt, weil sie bei ihm Zahnschmerzen auslösen. Aber das können doch, sagt er sich, nicht alles dumme, romantische Weiber sein. Einige von ihnen müssen *normal* sein, mehr oder weniger jedenfalls.

Doch muss er sich deswegen mit ihnen treffen? Muss er sich mit den Fans abgeben? Nein, danke. Nicht einmal in die Nähe seines Hauses möchte er sie heute lassen, nur schon die

Vorstellung, dass diese Weiber vor seiner Tür stehen könnten – ekelhaft.

Das sind natürlich keine Wahrheiten für eine erfolgreiche »Autobiographie«. Die Leute lesen keine Bücher, um etwas über sich oder das Leben zu erfahren. Sie wollen sich neben dem Alltag nicht zusätzliche Depressionen aufhalsen, sondern lieber welche loswerden. Wenn sie ein Buch aufschlagen, soll es sie glücklich machen. Es soll sie daran erinnern, wer sie einmal gewesen sind, in der Hochzeit ihres Lebensfeuers, bevor das Ganze runtergebrannt ist auf das Häufchen Asche, in dem sie heute herumstochern.

Ja, die »Autobiographie« muss ein *glückliches* Buch werden, keine Frage. Und genau da liegt das Problem. Der Ghostwriter, den der Verlag engagiert hat, will kein glückliches Buch. Prinz ist das schnell klar geworden. Der Ghostwriter möchte nicht seine Leser glücklich machen, sondern sich selbst. Genauer gesagt: Er möchte alles möglichst beschissen darstellen, weil er das Leben insgesamt beschissen findet, weil er persönlich ein beschissenes Leben führt. Und weil er will, dass alle sich so fühlen wie er. Natürlich würde der Ghostwriter das niemals zugeben. Schließlich ist er ein »Journalist« und redet lieber von »Objektivität«, von »kritischer Distanz« und »Unabhängigkeit«.

Natürlich könnte Prinz den Verlag bitten, den Schreiberling auszuwechseln, ihn in die wohlverdiente Wüste der erfolglosen Klugschwätzer zu schicken. Das Problem ist nur, dass das dann schon der dritte Ghostwriter wäre, der aus dem Projekt aussteigen müsste. Die Geduld des Verlages kennt Grenzen, und dann ist Prinz auch noch zu Ohren gekommen, dass *dieser* besondere Schreiberling mit der Tochter des Verlagsleiters befreundet ist.

»Ghostwriter!«

Prinz murmelt das Wort gedankenverloren vor sich hin. Inzwischen steht er in seiner Garderobe. Er muss sich umziehen, bevor er den Sitzungsraum im zweiten Stock aufsucht, in dem die Jury sich vor der Show trifft.

Ghostwriter, Jury, Sitzungsraum: im Grunde alles der gleiche Mist, denkt er. Das Problem ist nicht die »Autobiographie«. Es ist nicht der Ghostwriter. Es sind nicht die Schreiberlinge aus der Provinz. Nein, denkt er. In Wahrheit hat das alles vor Jahren begonnen, lange vor dem Buchprojekt. In Wahrheit befindet sich Fabian Prinz in einem Sinkflug, der vor etwa acht Jahren eingesetzt hat, und zwar an dem Tag, an dem er Jurymitglied bei *Eurostar* geworden ist.

Ja, er kann es spüren, in der Tiefe seiner Eingeweide: Die Show hat ihn ruiniert. Nicht die Schreiberlinge, nicht die vielen gemelkten Kühe und die toten goldenen Jahre des Pop. Sie sind nicht das Problem, sondern es ist die Show. Die Show macht ihn fertig. Sie macht ihn *innerlich* fertig, nicht äußerlich, nicht materiell.

Die Show bringt Geld, klar, eine Menge Ego-Massage mit Werbeverträgen und Medienpräsenz. Eine Menge knuspriger Girls, die sich, getrieben vom eigenen Ehrgeiz, in sein Bett verirren. Wobei sie ihm – auch das eine traurige Wahrheit – eigentlich nur wenig Lust bereiten. Und er weiß, dass das alles am Ende nichts hilft. Dass er am Ende nichts gegen den Sinkflug ausrichten kann. Es kann den Sinkflug nicht einmal verlangsamen. Und Prinz ist sicher: Es bleibt nicht mehr viel Zeit bis zum Aufprall. Zwei Jahre, wenn er Glück hat, drei Jahre. Dann ist Schluss, dann wird alles am Boden zerschellen.

Du musst die Reißleine ziehen, bevor es zu spät ist, sagt er sich. Du musst aussteigen, bevor dich die Show tötet. Noch dieses Finale, sagt er sich, noch diese Staffel, dann ist Schluss.

Er spürt, es ist der richtige Entschluss. Ein längst fälliger Entschluss. Ein Entschluss, auf den seine Vernunft im Stillen schon lange hingearbeitet hat, nur leider hat das Ego immer dazwischengefunkt, den Verstand geblendet, bezirzt, benebelt.

Das wird sich jetzt ändern, jawohl! »Fabian Prinz, Präsident der Jury« – das ist bald Geschichte. Sollen sich die Studiozombies einen anderen Idioten suchen, einen neuen »Master of Candy and Disneyland«, wie ihn eine britische Zeitschrift einmal genannt hat.

»Finale«, flüstert Prinz. »Schönes, *allerletztes* Finale.«

Er schlüpft in sein dunkelgrünes Jackett, streicht sich durch die langen, sorgsam gefärbten Locken und wirft einen Blick in den Spiegel, durchaus nicht unzufrieden mit dem, was er sieht.

Er fühlt sich nicht mehr schwer, ausgelaugt, abgelaufen, sondern besser, leichter. Beim Verlassen der Garderobe stößt er die Tür hinter sich zu, hört sie ins Schloss fallen, bewegt sich mit elastischem Schwung durch den Korridor.

Oben im Besprechungszimmer sitzen die anderen am Tisch, vor Kaffeetassen, Teekannen, Fruchtkörben. Am liebsten würde Prinz die Kollegen umarmen und ihnen sagen, sie sollen sich keine unnötig komplizierten Gedanken machen, weil nichts, was sie hier besprechen, eine Bedeutung hat.

»Bitte, meine Lieben«, sagt Prinz mit einem Lächeln und eröffnet die Sitzung. »Gehen wir noch einmal die Liste der Kriterien durch, damit die Punktevergabe heute Abend korrekt abläuft.«

Das ist natürlich Blödsinn. In Wahrheit haben objektive Kriterien hier nie eine Rolle gespielt. Bei *Eurostar* haben die

Jurymitglieder stets nach eigenem Geschmack geurteilt. Oder nach den Vorgaben der Redaktion, wenn das Studio darauf bestand, dass ein Kandidat rausfliegen oder auf Anweisung von oben in die nächste Runde kommen muss. Trotzdem tun alle im Team so, als arbeiteten sie mit seriösen Kriterien, im Dienst einer »sachgerechten Beurteilung«.

Besonders engagiert zeigt sich Britt Van Gaalen, die Vize-Präsidentin der vierköpfigen Jury. Sie wäre offensichtlich lieber die Präsidentin, deswegen wartet sie gern mit gut vorbereiteten, perfekt geheuchelten Bewertungen auf. Van Gaalen ist eine vornehm gealterte Schönheit. Eine ehemalige Miss Universum und UNICEF-Botschafterin, außerdem die Gattin eines milliardenschweren Gasfabrikanten, der kürzlich Besitzer eines englischen Fußballklubs geworden ist.

Van Gaalen runzelt ihre schöne, luxuscremebefeuchtete Stirn, wenn sie etwas »Wichtiges« sagt. In der Regel muss Prinz darauf achten, nicht in Lachexplosionen zu verfallen. Doch heute kostet das keine Anstrengung. Heute kann er die vornehme Tante entspannt reden lassen, über die »Förderung junger Talente in Europa« und so weiter. Natürlich weiß auch Van Gaalen, was ihr Produzent einmal gesagt hat: »Das Ziel der Show ist die Show selbst. *Fuck das Augenfutter*.«

Augenfutter: So nennen einige die Kandidaten, jedenfalls hinter vorgehaltener Hand. Auch in der Jury würde das keiner zugeben, besonders nicht vor sich selbst. Wo käme man sonst hin? Schnurstracks zurück in die alte Depression, und das muss jetzt nicht sein.

»Es ist mir eine Ehre, und ich danke euch«, sagt Britt Van Gaalen.

Es ist der Schlusssatz eines kleinen Monologs, den sie gerade gehalten hat. Prinz hat nicht allzu genau hingehört, zum Schutz der allgemeinen Stimmung. So kann er der Kollegin jetzt ungetrübt zunicken und zulächeln. So können *alle* ungetrübt nicken, weiter ihre Rollen spielen und vergessen, dass sie nur Rädchen im Getriebe des Augenfutter-Geschäfts sind.

Die Jurymitglieder, die Leute in der Regie und in der Redaktion, die singenden und tanzenden Äffchen auf der Bühne, die Techniker hinter der Kamera: alles nur Rädchen im Getriebe. Benzin für den Motor der Show, der den Wagen zieht mit den Millionengewinnen aus Werbeblocks, Product-Placement und Telefon-Voting.

»Danke, liebe Britt«, sagt Prinz.

Er wirft einen Blick in die Runde und bittet darum, die weiteren Anwärter zu besprechen.

Da ergreift James Averosa das Wort. Averosa sitzt neben Britt Van Gaalen. Er ist der zweite Mann im Team. Meist trägt er schwarze, zu weite Hemden und Sneakers, macht auf jugendlich-cool und tut ebenfalls so, als sei er auf internationaler Talentförderungsmission. Auch wenn es kein Geheimnis ist, dass Averosa eine Londoner Tanzschule besitzt und in New York eine Dancing-Company leitet, die regelmäßig von Finanzengpässen heimgesucht wird – dass er also nur aus finanziellen Gründen bei *Eurostar* mitwirkt, und natürlich, um den eigenen Bekanntheitsgrad zu steigern und für seine Company zu werben.

Auf dem Platz gegenüber Averosa sitzt Angela Rossini aus Mailand. Sie ist die Jüngste im Gremium, erst seit der letzten Staffel dabei. Angela ist die Moderatorin einer bekannten italienischen Musiksendung und produziert in ihrer Heimat immer wieder den einen oder anderen Hit. Gewiss ist sie die Harmloseste in der Runde. Auch während der Show, wenn der Wettbewerb härter wird, setzt Angela bei der Bewertung gern auf Fairness und Ausgeglichenheit.

Ist das nicht wunderbar? Wie sie hier alle ihre Rollen spielen? Die Rolle der Harmonie-Tante, verkörpert von Angela Rossini. Die Rolle des Schonungslosen, Knallehrlichen, verkörpert von ihm selbst, Fabian Prinz. Die Rolle der gereiften, mütterlich-fordernden Frau, verkörpert von Britt Van Gaalen. Und die Rolle des Fachmanns aus London und New York, mehr oder weniger schlecht dargestellt von James Averosa.

Es ist wirklich rührend, denkt Prinz.

Sein Blick wandert über den Tisch zu Angela und trifft auf ihre braunen Augen, in denen eine Art Ehrlichkeit aufscheint, ein unschuldiger, kleiner Glanz. So etwas ist selten heutzutage. Wie die Erinnerung an den Frühling, der längst vorbei ist, der niemals wiederkehrt.

9

Während die Sitzung der Jury läuft, hat Diamanti, der PR-Berater von *Eurostar*, eine interessante Begegnung. Nicht weit entfernt vom TV-Studio, nördlich der Theresienwiese, sucht Diamanti das Zimmer 211 eines Hotels auf.

Dort trifft er einen jungen Mann, dem er seit April auf der Spur ist. Diamanti möchte mit ihm über Gloria sprechen, um mehr über die Vergangenheit des Mädchens zu erfahren.

Der Name des jungen Mannes lautet Sandro, und er scheint – damit war zu rechnen – nicht daran interessiert, über Gloria zu sprechen, weder mit Diamanti noch mit sonst einem Fremden.

Zimmer 211 ist ziemlich klein. Auf dem Bett ein Laptop, Kopfhörer, Kabel. Neben dem Bett, auf einem Tisch, zwei Bildschirme.

Diamanti versucht, Sandro aus der Reserve zu locken, ihn zu provozieren. Er möchte wissen, warum er sich hier aufhält, ob er mit Gloria in Kontakt steht, wie ihre Beziehung ist, was sie »im Schild führen«.

Fragen, die sich Sandro ruhig anhört, ohne dass man ihm anmerkt, ob sie ihm egal sind oder ihn nerven. Normalerweise ist Diamanti gut darin, Kunden, Journalisten oder Geschäftspartner einzuschätzen, aber bei diesem Kerl? Nicht so einfach.

»Möchtest du nicht wissen, wie ich dich gefunden habe?«, fragt er.

Der Kerl reagiert nicht.

»Komm schon. Du kannst dir vorstellen, was es mich gekostet hat, dich zu finden. Ich habe Verbindungen zu deinem – Milieu. Zürich, Langstrasse. Denkst du, ich werde einfach wieder verschwinden, wenn du nichts sagst? Denkst du, die Produktionsfirma wird sich damit zufriedengeben?«

Nun wirkt Sandro interessiert. »Die Produktionsfirma schickt dich?«

»Habe ich das gesagt?«, Diamanti grinst. »Nein, die wissen nichts von dir. Aber sie *werden* von dir erfahren, von dir und Gloria. Sobald ich mich entschieden habe.«

»Was entschieden?«

»Ob die Produktionsfirma es erfahren muss.«

»Ob die Produktionsfirma *was* erfahren muss?«

Diamanti schiebt Kabel beiseite, damit er sich auf den Bettrand setzen kann, gegenüber dem Tisch, an dem Sandro vor den Bildschirmen sitzt.

»Müssen die wissen, dass du hier bist? Bist du eine Gefahr, Sandro?«

»Nein.« Die Antwort kommt ruhig. »Ich bin Glorias Freund. Wir sind zusammen. Sie möchte, dass ich in der Nähe bleibe. Falls sie mich braucht. Manchmal ruft sie in der Nacht an, dann reden wir, bis sie wieder einschlafen kann. Das ist alles.«

»Sehr interessant«, erwidert Diamanti. »Und sehr gelogen.«

Schweigend sitzt Sandro auf seinem Stuhl.

»Ich bitte dich. Wozu dieses ganze Zeug, die Geräte und Bildschirme? Wozu brauchst du das?« Diamanti deutet auf die Kabel und Ordner am Boden. »Wenn du Glorias Freund bist: was machst du hier? Warum nicht beim Studio anmelden? Das Studio akzeptiert bei allen Kandidaten einen Lebenspartner. Der bekommt einen Backstage-Pass und darf überall dabei sein. Als Glorias Freund könntest du jetzt im Studio sitzen, ihr aus nächster Nähe beistehen. Aber du sitzt lieber in diesem Loch? Das glaubst du doch selber nicht.«

Sandro wirkt immer noch entspannt.

»Ich mache hier etwas für meinen Motorradklub, verstehen Sie? Die Geräte brauche ich nicht für Gloria, das hat nichts mit ihr zu tun. Weil ich vor zwei Jahren wegen Diebstahls verurteilt wurde, wollten wir nicht, dass irgendjemand bei *Eurostar* von mir oder vom Klub weiß, damit Glorias Ruf sauber bleibt.«

»Glorias Ruf?«

»Wenn die wüssten, dass Gloria einen vorbestraften Freund hat, einen Kerl wie mich, dann wäre das nicht gut für ihr Image, für ihre Karriere, das verstehen Sie doch?«

Dieser Sandro ist gut vorbereitet, keine Frage. Aber auch Diamanti hat seine Hausaufgaben gemacht. Er hat noch ein paar Asse im Ärmel.

»Ich bitte dich. Ihr plant etwas für heute Abend, das kann ein Blinder sehen. Ich weiß, dass etwas im Busch ist. Ich kenne die Vorgeschichte mit Chantal.«

Die Absicht ist, Sandro mit dem Namen »Chantal« aus der Ruhe zu bringen. Wenn Diamanti richtig informiert ist, müsste der Name doch etwas bei ihm auslösen.

Aber Sandro lächelt, und seine Stimme klingt freundlich: »Was wissen Sie denn von Chantal?«

Diamanti sagt es ihm. Er weiß Bescheid über Glorias Vater, der vor zehn Jahren seine Frau, Glorias Mutter, auf einem Parkplatz totgeschlagen hat. Er weiß, dass die kleine Gloria abgesehen von Chantal keine Freunde gehabt hat, keine Verwandten aus Portugal oder Spanien, zumindest keine, die von den Behörden als akzeptabel eingestuft wurden. Diamanti weiß, dass Chantal und Gloria ins Gravitationsfeld dieses Motorradklubs namens »Sixty Nine« geraten sind: Schlägertypen, die ihre Frauen beschützen, so lange sie die Beine breit machen. Prostitution, Waffenhandel, Drogen. Ziemlich sicher hat Sandros älterer Bruder, ein gewisser Mauro – der sitzt gegenwärtig im Gefängnis – sich damals um Chantal und Gloria gekümmert.

Diamanti weiß, dass Chantal im Jahr 2012 bei *Superstar Schweiz* teilgenommen hat. Sie hat den Titel geholt und sich für *Eurostar 2013* qualifiziert. Zu der Zeit hat Diamanti noch nicht für die Show gearbeitet. Aber er hat es im Zuge seiner Nachforschungen herausgefunden. Das war damals ein Riesenerfolg für Chantal: aus einem Kaff in der Schweizer Provinz der Sprung ins internationale *Eurostar*-Geschäft. Dabei ist Chantal auch dem Präsidenten der Jury, Fabian Prinz, begegnet. Sie hat ihm, so geht das Gerücht, einiges bieten müssen, um weiterzukommen.

Das ist offenbar der Grund, warum Chantals damaliger Rockerfreund, dieser Mauro, heute im Gefängnis sitzt. Weil er vor ein paar Jahren den Hund von Prinz erschossen und seinen Porsche in Brand gesteckt haben soll. Wobei dieser Teil der Story nicht klar ist, denn die illegalen Aktivitäten dieses Mauro sind wohl ziemlich vielseitig, und damit auch seine möglichen Wege ins Gefängnis. Fest steht, dass Chantal es 2013 ins Achtelfinale von *Eurostar* geschafft hat und dann ausgeschieden ist. Und fest steht auch, dass Chantal sich nie mehr von ihrer Niederlage erholt hat.

Medikamente, Depressionen, wie man es auch von anderen Ehemaligen hört: junge Menschen, die nicht mit der Tatsache klarkommen, dass sie doch nicht das Zeug zum Star haben. Dabei kommt es gelegentlich zu Selbstmordversuchen, auch wenn das natürlich kein großes Thema für die Öffentlichkeit ist, schließlich profitieren auch die Medien von der Show, und zu viel Realität ist schlecht fürs Geschäft.

Im Jahr 2013 ist Chantal also gescheitert und hat, zusammen mit Schicksalsgenossen, eine Weile versucht, auf anderen Wegen ins Rampenlicht zurück zu finden. Sie ist durch die Ost- und Westschweiz getingelt, für kleinere Auftritte, und dann eines Morgens nicht mehr aus dem Hotelzimmer gekommen. In der Badewanne hat man sie gefunden, Alkohol und Tabletten. Die Sache hat kaum Wellen geschlagen. Sie war für die Medien nicht mehr interessant.

»Was meinst du«, sagt Diamanti, »habe ich die Geschichte einigermaßen korrekt zusammengefasst?«

Sandro deutet ein Nicken an. »Sie haben eine Menge Informationen gesammelt. Hat bestimmt Zeit gekostet.«

Nun scheint er – endlich – etwas gespannt. Zwar lächelt er wieder, aber es wirkt angestrengt.

»Eine heftige Geschichte. Was meinst du, Sandro? Ist es nicht die Härte, was die arme Chantal durchgemacht hat?«

Sandro hört auf zu lächeln.

»Komm schon! Ich weiß, dass Gloria und Chantal in Rorschach aufgewachsen sind. Ich weiß, dass ihr im Klub illegale Geschäfte macht. Ich kenne Leute in Zürich, aus meiner Jugend. Aber ich will euch nicht schaden. Keiner bei *Eurostar* hat eine Ahnung, dass es zwischen der Gloria von heute und der Chantal aus der Show 2013 eine Verbindung gibt.«

»Und so soll es auch bleiben!«, antwortet Sandro nun äußerst ungehalten.

Er verschränkt die Arme und bleibt so stehen. Er starrt auf Diamanti herab, der noch immer auf dem Bettrand sitzt.

Also steht auch Diamanti auf. Er spannt seinen Körper, sprungbereit. Man kann nie wissen bei solchen Typen.

»Wer immer sich da einmischt, ist nicht gut beraten.«

Eine Drohung, das war ja klar.

Okay, der Kerl sieht trainiert aus und ist wohl schlagkräftig. Trotzdem findet Diamanti die Situation irgendwie – amüsant. Er kennt wirklich ein paar Rockertypen aus Zürich, deswegen ist er überhaupt in der Lage gewesen, die Geschichte zu rekonstruieren. Aufgewachsen in einer italienischen Fremdarbeitersiedlung nicht weit entfernt von einem der Motorradklubs hat er als junger Mann Einblicke ins Milieu bekommen, vor allem durch einen Schulfreund. Dieser ist in eine Karateschule gegangen, deren Meister sich als einer der Rocker-Bosse entpuppte. Mit diesen Typen hat Diamanti aber nie Probleme gehabt, ganz einfach deshalb, weil er sie achtete.

»Mein Respekt ist voll da«, erklärt Diamanti. »Ich bin nicht hergekommen, um dir Probleme zu machen. Der Klub macht seine Geschäfte, ich mache meine, es gibt da keinen Konflikt. Ich werde niemandem von dir erzählen. Aber lüg' mich nicht an. Ich weiß, dass ihr für heute Abend etwas plant. Eine kleine Racheaktion?«

»Rache?«, Sandro macht große Augen.

»Willst du mir sagen, dass Gloria kein Problem damit hat, heute Abend in der gleichen Show aufzutreten wie damals Chantal? Dass sie sich freiwillig der gleichen Jury ausliefert wie damals Chantal? Dass sie sich dem Urteil der Leute unterwirft, die Chantal in den Tod getrieben haben?«

Sandro wirkt beeindruckt. »Wenn Sie das so formulieren, klingt es sehr dramatisch.«

Er lässt die Arme sinken, die Hände leicht angewinkelt. Vielleicht denkt er darüber nach, Diamanti das Maul zu stopfen, ihm hier und jetzt eine zu knallen. Ihm eine zu knallen und ihn dann im Zimmer festzuhalten – damit es *sicher* ist, dass bei dem, was Sandro und Gloria vorhaben, nichts dazwischenkommt.

Du musst schnell sein, denkt Diamanti.

Er ballt die rechte Hand zur Faust. Aber Sandro rührt sich nicht. Er blickt jetzt zu Boden, als helfe ihm das beim Nachdenken.

»Machen Sie, was Sie wollen,« erklärt er schließlich. »Sie glauben selber nicht, was Sie sagen. Sonst hätten Sie die Produktion längst informiert. Wenn Sie glauben, dass wir etwas planen, wieso alarmieren Sie nicht Ihre Leute? Und warum sind Sie so scharf auf Glorias Geschichte? Stehen Sie auf die Kleine?«

Diamanti erinnert sich an die trügerische Schüchternheit jener Blässe, als er Gloria zum ersten Mal begegnet ist. Ja, das ist eine sehr gute Frage: warum eigentlich interessiert ihn die Sache? Warum hat er so viel Zeit, so viel Energie in die Geschichte investiert?

Die Wahrheit ist: Diamanti kann es nicht sagen, nicht wirklich. Hat er vielleicht versucht, das Geheimnis von Gloria zu lüften, weil er es schlicht und einfach nicht versteht? Hat er über die Kleine so viel Informationen gesammelt, weil er wusste, dass sie lügt, dass sie alle getäuscht hat, dass sich Gloria also seiner *Kontrolle* entzieht? Ist es das? Diamanti stören grundsätzlich Dinge, die sich seiner Kontrolle entziehen.

Oder könnte es sein, dass er die Kleine, seit er die Vorgeschichte mit Chantal kennt, einfach nur mag, sie irgendwie beschützen, ihr helfen will? Weil er spürt, dass diese Show Gloria schaden wird, so wie sie vielen jungen Menschen schadet.

»Ich möchte niemandem von euch schaden,« sagt er. »Das ist alles, was ich dazu sagen kann.«

Sandro starrt ihn wieder an.

»Ich haue jetzt ab«, sagt Diamanti. »Das willst du doch, ja?«

Sandro reagiert nicht.

»Was immer ihr macht, schau zu, dass Gloria nichts passiert, okay? Kannst du das für mich tun?«

Sandro reagiert nicht.

Diamanti dreht sich um und verlässt das Zimmer.

Er geht über den Parkplatz vor dem Hotel und überquert eine Kreuzung. Ohne bestimmtes Ziel folgt er dem Verlauf der Straße.

Sandro hat nicht einen Moment so gewirkt, als mache er sich Sorgen, dass Diamanti dem Studio oder der Polizei von der Sache erzählen und ihre Pläne, wie immer sie aussehen, stören könnte.

Diamanti biegt in eine Einkaufsgasse und geht weiter, in Richtung Süden. Er wirft einen Blick auf die Armbanduhr.

35 Minuten.

Er muss sich beeilen, wenn er das Studio vor Beginn der Sendung warnen will. Es wäre kein Problem, mit dem Handy anzurufen, jetzt gleich. Doch was soll er sagen? Wovor genau soll er das Studio warnen, wenn er selbst nicht weiß, was los ist, *ob* überhaupt etwas los ist?

Alles, was Diamanti bieten könnte, wären Vermutungen. Und wenn ihm das Studio, wenn ihm die Show so viel bedeuten: Warum hat er bis heute gewartet, warum hat er sie nicht längst gewarnt?

10

Wieder allein im Hotelzimmer telefoniert Sandro mit Gloria. Er teilt ihr mit, dass alles in Ordnung ist, dass es keinen Grund gibt, sich Sorgen zu machen. Von Diamanti sagt er kein Wort.

»Alles nach Plan?«

Ihre Stimme klingt unsicher.

»Alles nach Plan,« erwidert Sandro.

Warum sollte er Diamanti erwähnen? Was soll es bringen, wenn Gloria erfährt, dass der PR-Typ Fragen gestellt hat, Fragen über damals, Fragen über Chantal? Nein, das bringt nichts.

Sandro zweifelt daran, dass Diamanti etwas Konkretes gegen Gloria oder den Klub in der Hand hat. Er glaubt nicht, dass er ihnen zum jetzigen Zeitpunkt noch schaden kann. Und selbst wenn: was macht es am Ende für einen Unterschied?

Gloria darf nicht unnötig verunsichert werden. Was sie jetzt braucht, ist Zuspruch. Sie braucht jemanden, der ihr Mut macht.

»Wie geht es dir?«

»Gut«, erwidert Gloria.

»Mit Robert alles okay? Die Pistole?«

»Alles bereit.« Glorias Stimme am anderen Ende der Leitung, jetzt leiser. Das Geräusch ihres Atems. »Ich habe Angst.«

Sandro hat das erwartet.

»Du bist nicht allein«, sagt er. »Denk daran.«

Keine Antwort. Nur das Atmen.

»Bald werden wir dich am Bildschirm sehen. Alle deine Freunde werden dich sehen. Deine Freunde werden bei dir sein. Mauro, Blacky, alle im Klub.«

Keine Antwort.

»Robert wird dich beschützen, Gloria. Millionen werden erfahren, was mit Chantal passiert ist. Millionen werden die Wahrheit hören. Millionen werden sehen, wie du die Show tötest. Darauf haben wir uns vorbereitet. Ist es nicht so?«

Immer noch Schweigen, dann: »Ja.«

»Du wirst es schaffen, ich weiß es. Wir sind bei dir, denk daran.«

Für einen Moment, einen kurzen Moment, schließt Sandro die Augen, spürt den Stich im Herzen. Gloria tut ihm leid. Am liebsten würde er zu ihr ins Studio gehen, würde ihr die Last abnehmen und die Sache für sie erledigen. Für einen Moment, einen kurzen Moment, bereut es Sandro, dem Plan jemals zugestimmt zu haben.

Sicher, Gloria ist zäher als die meisten im Klub, die gern eine dicke Lippe riskieren. Gloria ist, genau genommen, ein *unglaubliches Mädchen*. Niemals zuvor hat Sandro so jemanden kennengelernt, ganz bestimmt nicht. Aber bei dieser Geschichte, bei den Dimensionen, die das Ganze hat: Wer hätte da nicht die Hosen voll?

Zum Glück, denkt Sandro, ist Gloria im Studio nicht allein. Zum Glück hat der Klub es vor ein paar Monaten geschafft, Robert als Techniker bei der Show unterzubringen.

Robert, Blackys rechte Hand: Er konnte bei *Eurostar* eingeschleust werden. In seinem früheren Leben ist Robert tatsächlich Tontechniker gewesen, für ein Musikstudio in Basel, das hat geholfen. Robert macht also nicht nur als Tontechniker eine gute Figur, sondern trägt – als Blackys rechte Hand – auch Fäuste hart wie Hammerschläge mit sich rum. Das kann heute Abend nicht schaden, nein. Ohne Zweifel ist Robert der richtige Mann am richtigen Ort. Er wird, wenn es sein muss, eingreifen und Gloria beschützen. So, wie er Gloria bereits mit dem Handy und der Walther PPS geholfen hat.

Und natürlich wird auch er, Sandro, alles tun, um Gloria von außerhalb des Studios zu helfen. Sandro kümmert sich um unerwartete Probleme, Probleme wie diesen Diamanti, und während der Show übernimmt er die technische Seite.

Sandro zweifelt nicht daran, dass Gloria es fertigbringen wird, vor laufenden Kameras die drei Mitglieder der Fernseh-Jury abzuknallen, die im Jahr 2013 dabei gewesen sind.

Gegen den Widerstand im Klub hat Gloria darauf bestanden, es genauso zu machen. Sandro erinnert sich an diesen Abend im »Sixty Nine«. Er erinnert sich an Glorias Wut. Wann ist das gewesen? Zwei Jahre nach Chantals Tod?

»Die Show muss sterben«, hat Gloria gesagt. »Ich möchte es live im Fernsehen tun. Ich möchte sie während der Show abknallen, alle.«

Zuerst haben Blacky und die anderen gelacht. Nicht, weil sie die Kleine nicht ernst nahmen, aber das war ein verdammt krasser Plan.

Außerdem herrschte im Klub traditionell die Meinung, mögliche Racheaktionen für Chantal müssten so erledigt werden wie alle anstehenden Geschäfte des »Sixty Nine«, das heißt: von Männern.

Zur Debatte standen herkömmliche Methoden, um die Mitglieder der Fernseh-Jury wegen Chantals Selbstmord dranzukriegen, etwa ein Überfall direkt vor der Haustüre oder in der Tiefgarage, mit Baseballschlägern oder, auch immer wirksam, mit alten Motorradketten.

Doch Gloria wollte mehr.

»Die Show hat Chantal getötet, also müssen wir *die Show* töten.«

»Ist dir nicht klar, dass du für lange Zeit ins Gefängnis wanderst, wenn du das tust?«, hat Blacky die Kleine gefragt. »Niemand kommt mit so etwas davon. Niemand.«

Glorias Antwort: »Lieber im Gefängnis als tot.«

»Du bist nicht tot.«

»Doch, wenn die Show weiterlebt und diese Leute nicht für Chantal bezahlen, dann *bin* ich tot.«

»Hör auf, wir alle lieben dich.«

»Ihr versteht es nicht. Wenn ich das nicht tue, werde ich für immer tot sein, alles an mir wird tot sein.«

Es war unmöglich, die Kleine umzustimmen. Also haben sie damit begonnen, das Ding zu planen. Wobei die Männer insgeheim nicht daran geglaubt haben, dass die Kleine tatsächlich jemals in die Lage kommen würde, der *Eurostar*-Jury leibhaftig gegenüberzustehen. Oder dass die Kleine es auch nur hinkriegen würde, den Schweizer Titel zu holen, um sich für *Eurostar* zu qualifizieren. Und dass sie dann auch noch die Vorrunde überleben würde, das Achtelfinale, Viertelfinale, Halbfinale!

Die Kleine hat alle Runden überstanden. Wenn er ehrlich ist, hat auch Sandro ihr das nicht zugetraut. Er hat eher damit gerechnet, dass sie irgendwann zusammenbricht. Er erinnert sich, wie schlecht es Gloria nach Chantals Tod gegangen ist. Sie war am Boden zerstört. Monatelang ist Gloria nicht mehr ansprechbar gewesen, hat sich zurückgezogen, antriebslos und lichtscheu. Aus allen Poren der Seele hat sie geblutet. So krass, dass Sandro gedacht hat, sie werde am Schmerz krepieren, wenn sie nicht vorher im Irrenhaus lande. Wahrscheinlich *wäre* Gloria im Irrenhaus gelandet ohne ihren Plan.

Wenn er so darüber nachdenkt, kann Sandro es noch immer nicht fassen. Unmöglich, was die Kleine durchgemacht hat! Damit meint er nicht nur Chantals Tod 2013, sondern alles. Den gewalttätigen, unbrauchbaren Vater. Den Tod ihrer Mutter. Die drei Jahre in einem Kinder- und Jugendheim im Kanton St. Gallen. Die Sonderschulen und Psychotherapien. Die Verkäuferlehre in einem Zürcher Schuhgeschäft, die Gloria gehasst hat, aber durchstehen musste, um die Arschlöcher ruhigzustellen, die Arschlöcher vom Vormundschaftsamt. Ganz zu schweigen von Glorias hartem Training für den Plan, nach Chantals Tod: Tanzlektionen, Gesangsunterricht, Karate, Schießübungen.

Nein, Sandro kann wirklich nicht sagen, dass er der einzige gewesen ist, der Gloria unterschätzt hat. Einige unterschätzen sie bis heute. Nicht im Klub, nein, dort mit Sicherheit nicht. Aber hier in München, im Fernsehstudio. Und das ist gut so. Das ist sehr gut.

Die Zeit?

Achtzehn Minuten.

Sandro kontrolliert die Internet-Verbindung und die Homepage des Ersten Deutschen Fernsehens. Alles nach Plan, die Clips fürs Finale laufen schon.

Sandro wirft einen Blick aufs Smartphone. Später, wenn Gloria auf der Bühne ihre Waffe gezeigt und klar gemacht hat, wie es laufen wird, wird sie Sandro erneut anrufen. Das muss sein, denn es ist klar, dass der Sender beim ersten Anzeichen von Gewalt versuchen wird, die Live-Sendung zu unterbrechen. Genau aus diesem Grund ist Sandro da.

In der Zwischenzeit, etwa zwei Kilometer von Sandro entfernt, sitzt Diamanti vor einer Bar, die er zufällig entdeckt hat.

Eine Bar mit Panoramafenster, davor Klapptische, verteilt auf dem Gehsteig.

Diamanti nippt an einem Bier.

Soll er das Studio doch noch anrufen? Soll er Alarm schlagen? *Kann* er Alarm schlagen, wenn er gar nicht weiß, was los ist? Seine Gedanken drehen sich im Kreis. Nein, denkt er. Du hast dich von der Sache verrückt machen lassen. Vergiss es. Hier wird nichts passieren, gar nichts.

Diamanti trinkt sein Bier.

Was, wenn doch etwas passiert? Wenn er richtig liegt? Und was, wenn er seinen Verdacht und die Recherchen zu Glorias Vergangenheit deshalb über Monate für sich behalten hat, weil er sich im Grunde *wünscht*, dass etwas passiert? Kann das sein? Kann es sein, dass er hofft, dass heute Abend etwas passiert – etwas Echtes, Wahres?

Diamanti seufzt.

Dann fällt es ihm auf: Drinnen in der Bar ist das TV-Gerät eingeschaltet worden; ein Flachbildschirm über der Theke. Davor sammeln sich junge Leute, in der Hand Sektgläser.

11

Was Chantal bis zu ihrem Tod im Jahr 2014 keinem Menschen erzählt hat, worüber sie auch mit der kleinen Gloria nie sprechen konnte, war ihre Beziehung zum Vater.

Bis zum Schluss hatte Chantal den Wunsch, wieder mit ihrem Vater zusammenzukommen. Sie konnte nicht damit aufhören, ihn zu lieben, unabhängig davon, wie weit sich der Mann von ihr und der depressiven Mutter entfernte. Sechs Jahre alt war Chantal, als der Vater, ein Außendienstmitarbeiter für Kosmetikprodukte, abgehauen ist, als er die Stadt Rorschach verlassen hat, um nach Basel zu ziehen.

Wie er Chantal später erklärte, konnte er die depressive Ehefrau, die er in den 1990er Jahren auf einer Geschäftsreise in Frankreich kennengelernt hatte, »nicht mehr ertragen«. Anscheinend hatte die Mutter nicht erst seit Chantals Geburt, sondern bereits früher unter Depressionen gelitten, wie auch deren Mutter, Chantals Großmutter Claudine, eine Näherin aus Nancy, eine »alte Depressive« gewesen sei, so der Vater.

Chantal konnte sich vorstellen, dass die Situation für den Vater damals nicht einfach gewesen ist: tagsüber unterwegs für die Kosmetikprodukte, im Kampf der Handelsvertreter um die monatlichen Umsätze, abends zu Hause bei einer Gemütskranken mit Kleinkind, wobei sich der Zustand seiner Frau mit den Jahren verschlechterte und man sie mit Medikamenten ruhigstellen musste.

Wie Chantals Vater es geschafft hatte, Frau und Kind allein zu lassen, um im Außendienst zu arbeiten? Dass er keine Angst um die Sicherheit des Kindes gehabt hat? Wie er damit umgegangen ist, im Grunde zwei Kinder zu haben, die depressive Erwachsene und die Tochter, beide vollkommen unselbständig?

Chantal wusste nicht, wie das für den Vater gewesen ist. Über Gefühle hat er nie mit ihr gesprochen. Aber als Tochter konnte sie die Last ahnen, die das Zusammenleben mit ihrer Mutter für ihren Vater bedeutet haben musste. Aus nächster Nähe hat Chantal sie erlebt: die täglichen Klagen über die böse Welt, die Schnapsflaschen und Pillen und Zigaretten, das Gejammere. Das abwesende, wächserne Gesicht der Mutter vor der Glotze mit den immer gleichen Sitcoms und Lügensendungen aus der Welt der Reichen und Schönen. Chantal konnte verstehen, dass ihr Vater ausbrechen musste, aber sie konnte *nicht* verstehen, dass er ohne sie, Chantal, ausbrechen musste. Sie konnte sich nicht vorstellen, warum es für ihn ein Problem gewesen wäre, die Tochter mitzunehmen. Jedenfalls konnte sie das nicht bis zu dem Tag, an dem sie die »neue Lebenspartnerin« des Vaters in Basel kennenlernte.

Das war im Jahr 2009. Damals hatte die kleine Gloria, im gleichen Rorschacher Viertel lebend wie Chantal, damit begonnen, von zu Hause wegzulaufen, weil ihr Vater, ein Bauarbeiter aus Madrid, ein richtiger Neandertaler, die Mutter schlug und Gloria ängstigte. Ja, es war in dieser Zeit, als Chantal den Vater in Basel besuchte und seine »neue Lebenspartnerin« kennenlernte, eine 28-jährige Musiklehrerin, eine superschlanke, große Blondine, die auch schon in Musicals aufgetreten war.

Chantal hat ihren Vater konfrontiert: »Ich möchte bei euch wohnen. Mutter ist unerträglich, ich muss dort weg.«

Die Reaktion des Vaters? Natürlich hat er nicht nein gesagt, aber er hat auch nicht ja gesagt. Er hat Chantal angeboten, an den Wochenenden »vorübergehend« in Basel zu wohnen, um zu sehen, wie die Lebenspartnerin darauf reagieren würde.

Die große Blondine, die übrigens bereits schwanger war. Die Blondine, die sich ihr neues Familienleben in Basel bestimmt anders vorgestellt hatte, jedenfalls ohne Chantal, diese lebende Erinnerung ans gescheiterte Vorleben von Chantals Vater. Ja, sobald die Blondine wusste, dass Chantal mehr sein wollte als nur eine Wochenendbesucherin, dass sie bei ihnen leben wollte, fing sie damit an, wegen Kleinigkeiten Streit vom Zaun zu brechen, wegen der Wäsche, der Stromrechnung oder der gemeinsamen Internet-Nutzung.

Die Blondine legte es darauf an, Chantal zu vertreiben. Sie wollte den Vater ganz für sich allein, für sich und das Baby. Das war so offensichtlich, dass es auch dem Vater nicht entgehen konnte. Aber er war zu schwach, um etwas dagegen zu tun. Sicher, er war kein Säufer und auch kein Neandertaler wie Glorias Vater. Aber er war schwach, und er hat wohl nie realisiert, wie sehr Chantal unter dieser Schwäche litt.

Trotzdem hat sich Chantal ein Leben mit ihm zurückgewünscht, hat sich nach dem Geruch seiner Außendienst-Hemden, seiner frisch rasierten Haut und seiner ruhigen, weichen Stimme gesehnt.

Der einzige Trost in dieser Zeit hieß Mauro. Chantal war dankbar, dass sie Mauro vom Motorradklub an ihrer Seite hatte, denn dieser Mann war nicht schwach. Er war in vielerlei Hinsicht das Gegenteil ihres Vaters. Mauro schützte sie, hätte jederzeit gegen jeden Gegner für sie gekämpft und glaubte ohne Vorbehalte nicht nur an ihre Liebe, sondern auch an ihre Castingshow-Pläne. Pläne, die der Vater von Basel aus eher belächelte.

Es waren Mauro und die anderen im »Sixty Nine«, die Chantal das Gefühl gaben, wirklich erwünscht und begehrt zu sein – statt nur geduldet. Sicher, mit Mauro gab es auch Probleme. Zum Beispiel wollte er fast jeden Abend, wenn sie zusammen waren, mit ihr ins Bett. Das war ihr zu viel. Aber es war nun einmal das, was Mauro brauchte, so wie Chantal umgekehrt seine Stärke brauchte, den unbedingten Glauben, den sie spürte, wenn er sie nur anblickte. Mauro war ein durch und durch loyaler Mann, der sie niemals im Stich lassen würde.

Und dann war da natürlich Gloria. Als ihre Mutter im Krankenhaus landete, weil der Neandertaler wieder zugeschlagen hatte, zog sich Chantal mit der Kleinen für eine Weile in den Klub zurück. In den Klub, in dem sich alle um die Kleine kümmerten. In dem Bobby der Bär für sie kochte und auch Blacky dafür sorgte, dass den Mädchen nichts Böses zustieß.

Das blieb so bis zum Tod von Glorias Mutter. Bis zu der Zeit, als Chantal für *Superstar Schweiz* nach Zürich gehen musste – der denkbar schlechteste Moment! Nach dem Tod von Glorias Mutter steckte man Gloria in ein Heim, und Chantal war in Zürich und hatte keine Zeit. Doch was hätte sie tun sollen? Sie musste sich auf die Show vorbereiten.

Die Show war das Ticket in ein autonomes Leben als Sängerin, die beste Chance, unabhängig von der Mutter zu werden, auch unabhängig vom Klub. Als erfolgreiche Sängerin würde sie eines Tages auch Gloria ein besseres Leben ermöglichen. Chantal hatte genug davon, abhängig zu sein: von der Wohnung der Mutter, von der Schwäche ihres Vaters, selbst von der Stärke Mauros. Sicher, sie war für Mauro dankbar, aber mit der Show konnte sie endlich *frei* werden. Frei vom Klub, von Blacky, von allen Männern.

Chantal setzte ihre ganze Energie dafür ein, die Show zu gewinnen. Und hatte damit tatsächlich Erfolg. Sie holte bei *Superstar Schweiz* den Titel und konnte sich für *Eurostar 2013* qualifizieren. Und die erste, mit der Chantal diesen Triumph teilen wollte, war Gloria.

Sie besuchte Gloria im Heim in Sankt Gallen, in dem man sie untergebracht hatte. Das Heim, in dem die Betreuerinnen Chantal in der Regel sehr freundlich empfingen, denn auch sie – wie damals viele Zuschauer – kannten Chantal inzwischen aus dem Fernsehen.

Bestimmt freute sich Gloria über den Erfolg der Freundin. Und doch spürte Chantal, wie sich Gloria verändert hatte. Eine stille, in sich versunkene Abwesenheit, mit starren, traurig-hilflosen Augen. Als würden sie sagen: »Geh weg! Du hast mich verraten, wie alle anderen.« Zugleich: »Bitte bleib, ohne dich bin ich verloren!«

Chantal bemühte sich, der Freundin Mut zu machen, die Wärme ihrer früheren Verbindung zu finden.

»Behandeln sie dich schlecht?«

»Nein«, erwiderte Gloria.

»Bist du mir böse?«

»Nein.«

»Du kannst es ruhig zugeben.« Chantal lächelte, mit klopfendem Herzen. »Ich *wäre* böse, wenn es umgekehrt wäre. Wenn *du* nach Zürich gegangen wärst, während ich hier – gefangen bin.«

Gloria zuckte die Achseln. »Es musste sein. Jetzt bist du berühmt, das ist gut, weil du Geld bekommst. Für die eigene Wohnung.«

»Für *unsere* Wohnung.«

Gloria nickte.

»Ich liebe dich, daran hat sich nichts geändert.«

Gloria gab keine Antwort.

»Bitte sag mir, wie es dir geht«, fuhr Chantal fort. »Ich denke viel an dich und frage mich, wie es dir geht. Ich *muss* es wissen.«

»Nichts«, erwiderte Gloria.

»Nichts?«

»Also gut«, Gloria seufzte. »Ich träume manchmal von Mama. Ich möchte ihre Hand halten und mit ihr gehen. Aber sie bemerkt mich nicht und hat schwarze, leere Augen.«

»Das ist schrecklich. Ein schrecklicher Traum.«

»Sie ist tot«, sagte Gloria.

Chantal erhob sich von ihrem Platz, ging um den Tisch herum, an dem sie saßen. Sie musste Gloria umarmen, sie an sich drücken. Ein tiefes Brennen. Warten. Halten. Aushalten.

»Es tut mir leid. Bitte verzeih mir.«

Gloria begann zu zittern, sie zitterte am ganzen Körper. Sie klammerte sich an sie, als gelte es, Chantal nie mehr gehen zu lassen, den Moment festzuhalten, für immer darin zu verschwinden.

»Bald sind wir zusammen«, flüsterte Chantal.

»Wann?«

»Bald.« Chantal küsste sie auf die Stirn. »Die Leute im Klub haben einen Anwalt und reden mit den Behörden. Sie schauen, dass du eine Lehre in Zürich machen kannst. In Zürich, verstehst du? Dort werden wir unsere Wohnung haben.«

»Es muss *bald* sein, versprich es!«

Chantal versprach es.

Sie versprach Gloria, dass die Wohnung in Zürich schön sein würde, und dass sie frei sein würden. Frei vom Heim, frei von den Behörden, frei vom Klub und von allen, die jemals versucht hatten, ihnen etwas vorzuschreiben. Chantal versprach, dass sie ein neues, gutes Leben haben würden. Sie versprach es, weil sie wirklich – vierzehn Monate vor ihrem Tod – daran glaubte.

12

Sieben Jahre nach Chantals Tod beginnt in München, pünktlich um 20 Uhr, das Finale von *Eurostar 2021*.

Die Show wird von zwei Dutzend Fernsehstationen übertragen, für Zuschauer aus sechsundzwanzig europäischen Ländern, die per SMS oder über die Hotline ihr Urteil abgeben und mitbestimmen können, wer von den drei aus der Finalrunde triumphieren soll: Michelle aus Deutschland, Jason aus Irland oder Gloria aus der Schweiz.

Es sind zwar nicht sechzig Millionen Menschen, wie vom Studio behauptet, doch aber knapp fünfundfünfzig Millionen, die es sich um diese Stunde zu Hause gemütlich machen oder die Show in ihrem Lieblingslokal verfolgen, im Büro und bei Freunden. Unter diesen Menschen befinden sich Anwärterinnen und Anwärter, die noch vor einigen Wochen selber auf der Bühne standen und vorzeitig ausscheiden mussten. Beispielsweise Mary aus England, zweiundzwanzig Jahre, oder Luigi aus Italien, einundzwanzig Jahre, oder Rosaria aus Spanien, ebenfalls einundzwanzig Jahre alt.

Das sind Jungtalente, die ihr Ausscheiden noch keineswegs verdaut haben. Jungtalente, die das Finale heute Abend zwar wie die anderen verfolgen, es aber nicht genießen können, sondern im Gegenteil *leiden*. Jungtalente, die nach wie vor mit der Schockstarre ihres Egos kämpfen, mit dem Verlustschmerz einer schnell gewonnenen und wieder erloschenen Massenaufmerksamkeit.

Interessant dabei ist die Tatsache, dass sowohl Mary aus England wie auch Luigi aus Italien und Rosaria aus Spanien gleichermaßen hoffen – unabhängig voneinander, zu Hause in ihrem jeweiligen Heimatland – dass die Kandidatin aus der Schweiz, Gloria, auf keinen Fall gewinnen wird. Alle drei hoffen, dass dieses perfide Geschöpf heute Abend über die Skrupellosigkeit ihres eigenen Ehrgeizes stolpert. Sie hoffen, dass Gloria von der Jury fertiggemacht wird. Dass man sie vor laufenden Kameras demütigt, denn genau das verdient die kleine Schweizerin, und *wie* sie es verdient!

Woher dieser Hass auf Gloria kommt?

Dahinter stecken verschiedene Ereignisse. Zum Beispiel erinnert sich Luigi aus Italien, wie er Gloria zum ersten Mal hinter der Bühne getroffen hat, während der Vorrunde im Frühling.

Beide hatten sich gerade fürs Achtelfinale qualifiziert. Luigi war von Gloria sehr angetan. Sie schien keine Angst vor der Konkurrenz oder auch vor Männern zu haben. Einmal hat Gloria sogar einen der Techniker geküsst. Ausgerechnet, wo doch diese Hintergrundarbeiter von den Jungstars sonst mehr oder weniger ignoriert wurden. *Dieser* Techniker jedoch – ein muskulöser Kerl mit Tattoos an den Unterarmen – bekam von Gloria sogar einen Kuss auf den Mund.

Nur für Luigi schien sie offensichtlich nichts übrig zu haben, und leider nicht nur das: Wie ihm später berichtet worden ist, hat Gloria hinter seinem Rücken das Gerücht verbreitet, er sei schwul.

Das ist im Showbusiness zwar kein Problem, gerade auch bei *Eurostar,* eine von Schwulen gern konsumierten Sendung. Das Problem ist nur, dass viel mehr junge Mädchen die Show sehen und beim Telefonvoting mitmachen als Männer. Dass Mädchen und ihre Mütter, die ebenfalls gern zuschauen, das Publikum dominieren, dass man die Show also nicht gewinnen kann ohne die klaren Sympathien dieser weiblichen Zielgruppe.

Deswegen hat das Gerücht, Luigi komme vom anderen Ufer, Schaden angerichtet. Über Wochen ist es durch die Medien gegeistert und hat sich schließlich mit der Behauptung vermischt, Luigi habe sich zum Schein heterosexuell gegeben, um die weiblichen Zuschauer zu täuschen. Er habe ein paar »sehr liebe« Freundinnen gehabt und diese »brutal betrogen«, mit männlichen Liebhabern. Dies sorgte dafür, dass die Mädchen ihn fallen ließen, vor allem in Deutschland, Italien, Spanien und Portugal, wo am Anfang viele für Luigi votiert hatten.

Die Stimmen der enttäuschten Teenie-Mädchen sind fast zur gleichen Zeit verloren gegangen wie die lobenden Urteile der Jury, so dass Luigi vor dem Viertelfinale ausgeschieden ist.

Nun sitzt Luigi zu Hause bei der Mutter und hofft, Glorias Untergang live mitzuerleben. Beweisen kann er nicht, dass es die Kleine gewesen ist, die über ihn die bösen Gerüchte in Umlauf gebracht hat. Die Kleine, die zunächst so verdammt harmlos gewirkt hat – die scheinbare Zerbrechlichkeit – wie konnte er nur darauf reinfallen? Doch Luigi braucht keine Beweise, um zu wissen, dass Gloria an allem schuld ist. Er glaubt den Freunden, die es ihm versichern, darunter ein Journalist des »Corriere della Sera«.

Wütend auf Gloria ist auch Mary aus England, die es zwar bis ins Viertelfinale geschafft hat, dann aber ausgeschieden ist, nachdem von einer großen englischen Tageszeitung die Behauptung in Umlauf gebracht worden war, Mary habe die ersten Runden nur überstanden, weil sie mit Mitgliedern der Zentralredaktion ins Bett hüpfte – eine gemeine Lüge!

Zugegeben, es gab schon länger Gerüchte, dass sich der Präsident der Jury, Fabian Prinz, dann und wann ein Mädchen schnappte und ihren Traum vom Erfolg sexuell ausbeutete. Mary hatte gehört, dass sich Prinz' Hotelzimmer nicht selten in einen widerlichen zoologischen Garten zu verwandeln pflege. Aber das bedeutete nicht, dass Mary sich dazu herabgelassen hatte, ein Teil dieses Gartens zu werden, nur um sich Vorteile zu verschaffen. Das Gerücht war eine komplette Erfindung, was es jedoch nicht davon abhielt, für mediale Empörung zu sorgen.

Während der ersten Empörungswelle haben die Leute von der Zentralredaktion Mary versichert, dass es abflauen würde, weil ja alles erfunden war, und weil zu dieser Branche Skandale nun einmal dazugehörten. Aber es flaute nicht ab, und es ist sogar bis heute nicht abgeflaut. Bis heute haftet Mary der Ruf einer Karriereschlampe an, obwohl sie in Wahrheit noch nie mit einem Mann geschlafen hat. Mary ist sicher: Gloria steckt hinter dieser Verleumdung, die sie den Einzug ins Halbfinale gekostet hat.

Im Gegensatz dazu hat Rosaria aus Spanien zwar den Einzug ins Halbfinale geschafft, doch genau wie Mary oder Luigi ist die junge Frau aus Valencia sicher, dass Gloria dafür gesorgt hat, dass sie nicht weiterkommt. Anders als Luigi oder Mary hat Rosaria keine Schmutzkampagne erlebt. Bei ihr lief es anders ab.

Sie hat Gloria von Problemen mit ihrem eifersüchtigen Freund in Valencia erzählt. Und Gloria hat Rosaria ebenfalls von einem Freund in der Schweiz erzählt. Sie haben über die Eifersucht ihrer Freunde gesprochen, über die Schwierigkeiten von Jungs, mit der Bekanntheit der Freundin umzugehen. Sie sprachen von einigen persönlichen Dingen, auch von ihren Lieblingssongs.

Rosaria hat Gloria alle Lieder genannt, die sie liebt, besonders die Lieder, die sie für *Eurostar* vorbereitet hatte, im Falle eines Einzugs ins Finale. Und von diesem Zeitpunkt an war es wie verhext! Entweder geschah es, dass plötzlich jemand anders genau jenen Song darbot, den eigentlich Rosaria für die gleiche Runde vorbereitet hatte. Oder der entsprechende Song wurde kurz vor Rosarias Auftritt von einem Jurymitglied auf einmal als »No Go« bezeichnet, mit dem absurden Argument, der Song sei zu anspruchslos, oder man habe ihn schon zu oft dargeboten. So ist Rosaria gezwungen gewesen zu improvisieren und immer neue Nummern einzuüben, und hat schließlich versagt.

Jetzt sitzt sie mit einer guten Freundin vor dem Fernseher in Valencia und will Gloria sehen, will sehen, wie die gemeine Giftmischerin über sich selbst stolpert.

In der Schweiz hat die Show in diesem Jahr so viele Zuschauer wie noch nie. Das ist keine Überraschung. Es ist das erste Mal, dass eine Schweizerin den Einzug ins Finale geschafft hat, dass eine Schweizerin die Chance bekommt, den Titel für das kleinste Land im Contest zu holen. Wer möchte sich das entgehen lassen?

Selbst im einen oder anderen Schweizer Krankenhaus wird die Show während der Arbeitszeit verfolgt, wie auch in einigen Gefängnissen – unter anderem in einer Vollzugsanstalt namens »Pöschwies« im Kanton Zürich.

In dieser Vollzugsanstalt verbüßt Chantals Ex-Freund Mauro seine Strafe, der ältere Bruder von Sandro. Mauro ist wegen einer Drogengeschichte in Haft, nicht wegen dem erschossenen Hund von Fabian Prinz, eine Sache, die ihm nie nachgewiesen werden konnte.

Die Anstaltsleitung von »Pöschwies« hat für heute Abend mehreren Gefangenen die Erlaubnis erteilt, die Show gemeinsam anzuschauen, im Freizeitraum des Südtrakts.

Dort ist Mauro aber nicht mit dabei. Er ist lieber allein in seiner Zelle, um sich die Show auf einem der Geräte anzusehen, die man bei der Verwaltung gegen eine kleine Summe mieten kann. Eigene, private Fernsehapparate sind verboten – mit Privatgeräten kann die Direktion ja auch kein Geld verdienen. Dreckschweine!

Aber egal, heute ist ein guter Tag, heute ist der beste verdammte Tag seit vielen verdammten Tagen, denkt Mauro.

Aufmerksam, als verfolge er einen vertrackten Krimi, ruhen seine Augen jetzt auf dem Bildschirm. Er denkt an seinen Bruder Sandro, der sich in diesem Moment irgendwo in München aufhält und ebenfalls die Show verfolgt. Mauro muss außerdem an Robert denken, Glorias Rückendeckung im Studio.

Es wird klappen, denkt er. Die Jungs passen auf.

Auf dem Bildschirm zieht sich in diesen Sekunden der Moderator, ein lächerlich frisierter und gekleideter Trottel, zurück, und die erste Finalistin von *Eurostar 2021* betritt die Bühne – Michelle aus Deutschland.

Mauro beobachtet die Sängerin und bemerkt, wie pinkfarbene Lichter über die Szenerie gleiten, wie die Lichter übers junge Gesicht dieser Michelle und ihre Beine und ihren Arsch streifen. Die Kamera bleibt wirklich auffällig lange auf dem Hintern des Mädchens kleben.

Pornos für Spießer, denkt Mauro.

Das hat er schon damals zu Chantal gesagt, als er gemerkt hat, dass seine Freundin voll auf diesen Fernseh-Mist steht und sogar mitmachen will. Er hat ihr gesagt, dass man nur lächerliche Leute in diesen Shows sehe und die Mädchen vor dem Fernseher dazu bringe, sich in hüpfende Weicheier zu verlieben.

Chantal hat nicht auf ihn gehört. So süchtig ist sie gewesen nach dieser lächerlichen Show. Mauro versteht es bis heute nicht.

In der Ostschweiz, etwa sechzig Kilometer vom Gefängnis entfernt, treffen sich im Motorradklub »Sixty Nine« ebenfalls Leute, um sich die Show anzusehen. Der Raum sieht anders aus als zu Glorias Zeiten – neue Bar, neue Girls –, aber einiges ist unverändert.

Bobby der Bär ist nach wie vor der Koch und Blacky weiterhin der Boss; auch Cheryl und Michelle, die Bardamen, sind noch dabei. Michelle führt inzwischen die Girls, sowohl an der Bar wie auch drüben in den Wunderzimmern, die man auf Wunsch der Männer letztes Jahr renoviert hat; bessere Betten, besserer Lärmschutz.

Nach wie vor verfügt das »Sixty Nine« nur über einen einzigen Fernsehapparat, im Zimmer neben den Billardtischen.

In diesem Zimmer sitzen nun elf Leute – alle aus der Zeit von Chantal und Gloria – und hören sich den ersten Song der Show an, dargeboten von Melanie aus Deutschland.

»Was für ein schwuler Mist,« sagt einer.

»Klappe!«, sagt ein anderer.

»Wann tritt Gloria auf?«

Die Frage kommt von Blacky, der etwa in der Mitte des Raumes auf einem Stuhl sitzt. Michelle wirft einen Blick auf die Notizen, die sie sich nach dem Telefongespräch mit Sandro gemacht hat.

»Gloria tritt als Dritte auf.«

»Als Dritte«, wiederholt Blacky.

Es ist, als müsse er darüber nachdenken, ob das ein gutes oder ein schlechtes Zeichen sei.

13

Im Studio in München zählt Gloria die Minuten. Im Warteraum für die Künstler – direkt hinter der Fernsehbühne – sitzt sie auf dem Platz, der ihr von den Assistenten zugewiesen wurde. Nebenan, auf der Bühne, trägt Melanie aus Deutschland ihren Song vor.

Gloria versucht Ruhe zu bewahren, der Anspannung keinen unnötigen Raum zu geben, die Herzschläge an sich vorbeiklopfen zu lassen.

Auf dem Platz ihr gegenüber sitzt Jason aus Irland. Manchmal scheint er seine Füße mit den silbernen Sneakers zu bewegen, oder die Hände, die auf seinen Oberschenkeln liegen, aber vielleicht meint Gloria das nur.

Von der Bühne her dringt das Gewummer der Bässe zu ihnen rüber. Und die Stimme von Melanie aus Deutschland. Die Stimme, die heute besonders wuchtig klingt. Die Stimme, die nach den Sternen zu greifen scheint, getragen vom sehnsüchtigen Schweben der Musik.

Gloria mag den Song, den Melanie für ihren letzten Abend ausgewählt hat. Und sie liebt Melanies Stimme, hat sie von Anfang an geliebt. Die schönste Stimme beim diesjährigen Contest, keine Frage.

But now my time has come – and time, time is not on your side.

Das Stück dauert noch etwa drei Minuten, schätzt Gloria. Dann wird die Jury ein erstes Urteil fällen. Wenn das geschehen ist, werden die Arbeitsbienen im Hintergrund damit beginnen, die hereinbrechende Flut der Zuschauervoten auszuwerten. Anschließend wird man Jason aus Irland auf die Bühne bitten. So will es die Regie: zuerst Melanie, dann Jason, dann Gloria.

Immer noch wirkt Jason ruhig, mit hängendem Kopf, mit den schokoladenbraunen Locken und dem Knabengesicht, das ihn zum Mädchenschwarm gemacht hat.

Der arme Junge, denkt Gloria, sieht aus wie ein Schüler, der darauf wartet, dass die Mama ihn abholt. Gloria fühlt mit ihm. Vielleicht das erste Mal, seit sie ihn kennt.

Bestimmt ist Jason ein guter Junge, ein Junge, der niemandem etwas zuleide tun würde, ein Junge, der mit dieser Geschichte nichts zu tun haben sollte. Ein Junge, der es nicht verdient hat, ausgerechnet heute, ausgerechnet dieses Jahr, dabei zu sein.

You'll never know how I watched you from the shadows as a child.

Wirklich gut, dieser Song, den Melanie aus Deutschland ausgewählt hat. Und gut, dass Jason still bleibt, dass er einfach nur wartet. Das bedeutet, dass er an nichts anderes denkt, nur an seinen bevorstehenden Auftritt. Es bedeutet, dass ihm an Gloria nichts Ungewohntes aufgefallen ist, weder an ihr noch an ihrem – Kleid.

Vor Sendebeginn hat Gloria wie geplant die Damentoilette aufgesucht. Sie hat das »Paket«, das Robert für sie hinterlegt hat, hinter dem Heizkörper hervorgeholt. Sie ist in eine WC-Kabine gegangen, hat die Walther PPS ausgepackt und die Munition kontrolliert. Acht Schuss. Sie hat die Walther mit dem restlichen Klebeband unter ihr Kleid geschoben, um die Waffe auf Bauchhöhe festzumachen.

Seit sie sich im Warteraum befindet, hat Gloria darauf geachtet, sich auf ihrem Platz zurückzulehnen, möglichst nicht aufrecht zu sitzen. Ab und zu hat sie ihre Hand auf den Bauch gelegt, falls die Waffe doch runterrutschen sollte. Vielleicht haben Jason oder Melanie etwas bemerkt, das kann sein. Aber sie haben es wieder vergessen, weil sie zu beschäftigt sind mit ihrer Nervosität, mit dem Druck, der von Minute zu Minute größer wird.

Revenge is a kiss – this time I won't miss.

Es ist soweit. Das Ende des Songs.

Gloria horcht auf. Für einen Moment schwillt die Musik an, wird lauter, lauter, bis das Orchester verstummt. Stille. Zwei Sekunden, drei Sekunden. Dann Applaus.

Sie warten, bis der Applaus leiser wird, bis man ihn kaum noch hört, und plötzlich macht Jason ein Geräusch – blub! – als würde sein Mund, als würden seine vom Lampenfieber versiegelten Lippen aufspringen. Als müsse er nach Luft schnappen. Atemzug der Erlösung.

Jason, der Junge mit den Schokoladenlocken: Jetzt wirft er Gloria einen Blick zu. In den Augen die tanzenden Fragezeichen des Erschreckens. Des Erschreckens über die Situation, des Erschreckens darüber, dass sie jetzt tatsächlich *hier* sind, in München, in diesem fürchterlichen Raum, in dieser fürchterlichen Situation, draußen die Augen von sechzig Millionen Zuschauern.

Wirklich, der Junge kann einem leid tun. Vor allem deshalb, weil seine Qual so sinnlos ist. Weil heute niemand gewinnen wird, denkt Gloria. Drüben auf der Bühne breitet sich das weltkluge Palaver der Jurymitglieder über Melanies Performance aus. Die Stimmen gedämpft, undeutlich. Unterbrochen von Klatschgeräuschen, von Zwischenrufen aus dem Studiopublikum.

»Mach dir keine Sorgen«, sagt Gloria zu Jason. »Du wirst es gut machen.«

Sie glaubt für ein paar Sekunden wirklich daran. Glaubt es für Jason und sein Jungengesicht, für seine Augen der Angst. Glaubt es für die letzte gemeinsame Minute, die ihnen noch bleibt, die gleich abgelaufen sein wird, die jetzt aber noch ihnen gehört.

»Alles klar?«

Jason gibt keine Antwort. Gloria würde ihm gern helfen, würde gern aufstehen, sich neben ihn setzen, ihm vielleicht die Hand halten, ihn umarmen, ihn spüren lassen, dass er nicht allein ist.

Aber das geht nicht. Sie darf nicht aufstehen, denn sie spürt, unter den Achseln, den Schweiß, und denkt ans Klebeband, mit dem sie die Waffe festgebunden hat. Das Klebeband, das noch eine Weile halten muss.

Wieder legt sie ihre Hand auf den Bauch, spreizt die Finger und spürt, unter dem Kleid, den Griff der Walther PPS. Sie atmet ein, atmet aus, lässt die Sekunden durch den Raum strömen, durch die Gedanken, die Fragen.

Jason blickt zu Boden, auf seine silbernen Sneakers.

Bald, denkt Gloria, *bald*.

Auf der Bühne ist die Stimme des Moderators zu hören. Er kündigt den zweiten Finalisten an. Über die Lautsprecher dröhnt Jasons Name.

»Meine Damen und Herren, das Supertalent aus Irland!«

Applaus.

Jason erhebt sich langsam von seinem Platz, als bestehe nicht der geringste Anlass zur Eile. Als sei nichts dabei, als gehe er jetzt nur hinaus, um seine Wohnungsschlüssel zu holen, die er vergessen hat, oder seine Schulbücher.

»Bis nachher«, sagt er.

»Bis nachher«, erwidert Gloria.

Er verschwindet, und Gloria ist allein.

Sie lässt die Hand sinken. Endlich.

Vorsichtig beginnt sie, die Pistole unter dem Kleid hervorzuholen, löst das Klebeband ab, zuerst links über der Hüfte, dann auf der anderen Seite.

Sie knüllt das Klebeband zusammen, legt es neben sich auf den leeren Sitz. Sie überprüft noch einmal das Magazin. Acht Schuss.

Sie versteckt die Waffe in der linken Tasche ihres Blazers, so, wie sie es geplant haben: in der linken Tasche die Waffe, in der rechten das Smartphone.

Das Smartphone?

Sie schaut nach, ob Sandro oder Robert eine Nachricht gesendet haben. Nein, nichts.

Alles gut, denkt sie, alles *gut*.

Drüben auf der Bühne Gelächter. Und erneut Stimmen. Vielleicht ein kleiner Disput in der Jury? Dann wieder Gelächter. Und endlich der nächste Song. Jasons Song.

Kann es sein, überlegt sie, dass das Smartphone auf der Bühne keinen Empfang hat? Der Gedanke kommt wie ein Pfeil durch die Anspannung geschossen. Obwohl ihr Robert während der Vorbereitungen versichert hat, dass der Empfang auf der Bühne normal sein wird.

Love is strange, so real in the dark.

Gloria, die Hände zitternd, versucht sich auf den Song von Jason zu konzentrieren. Der Song erinnert sie an den Klub, ans »Sixty Nine«, an den Sommer, als sie mit Chantal zum ersten Mal von dieser Musikgruppe gehört hat.

Don't you – forget about me.

Knapp vier Minuten, schätzt Gloria. Das Zittern lässt nach, aber die Hände sind verschwitzt. Gloria streicht sie über den dunkelroten Stoff ihres Blazers. Trocknen. Ruhig bleiben.

Drei Minuten.

Nein, sie darf der Angst nicht erlauben, sich auszubreiten. Sie muss an etwas denken, das die Angst niederhält, das ihr Kraft gibt. Sie muss an – Chantal denken.

Chantal? Gloria fragt sich, ob auch sie in solchen Momenten gelitten hat, hinter der Bühne. Sie fragt sich, ob Chantal jemanden gehabt hat, der ihr beigestanden ist, jemanden hier im Studio?

Sie schließt die Augen.

As you walk on by will you call my name?

Vielleicht kann Chantal sie jetzt sehen, denkt Gloria.

Die Augen geschlossen, stellt Gloria sich Chantals Gesicht vor, Chantals Stimme. Die warmen, weichen Hände. Sie stellt sich vor, dass Chantal jetzt hier sitzt, neben Gloria. Ja, Chantal *ist* hier. Sie kann Glorias Gedanken hören, Glorias Herzschläge. Sie kann ihre Erinnerungen sehen.

Chantal sieht die Erinnerung an jenen Sommer, als sie diesen Song im Klub gehört haben. Als sie zugeschaut haben, wie die anderen dazu tanzen.

Don't you – forget about me.

Der Sommer, der sie zum See gelockt hat. Der Sommer, an dem Chantal, wenn Gloria ins Wasser gesprungen ist, gewartet hat im Gras unter dem Baum, gewartet auf dem Badetuch, das nach Sonnencreme roch.

Gloria steht am Ufer, spürt die Sonne auf ihrem Gesicht.

»Worauf wartest du?«, fragt Chantal.

Wie gut es tut, die Stimme zu hören.

»Bist du traurig? Du musst nicht traurig sein.«

»Meine Hände haben gezittert, ich habe geschwitzt.«

»Nein«, sagt Chantals Stimme, »das ist vorbei.«

»Ich habe auf dich gewartet«, Gloria spürt, für einen Moment, einen Stromschlag aus Schmerz. »Bist du es? Sind wir wirklich zusammen?«

»Du hast auf mich gewartet. Ich bin gekommen.«

Gloria schüttelt den Kopf. »Was, wenn du wieder gehen musst, wenn wir uns nicht mehr wiedersehen?«

Chantal küsst sie auf die Stirn. »Komm. Lass uns einen Spaziergang machen. Es ist so schön hier.«

Gemeinsam gehen sie am Ufer entlang. So, als hätten sie nichts anderes zu tun, als könnten sie immer weitergehen, am Ufer des Wassers, in dem alle Zeit der Welt wohnt. Auf der linken Seite das Glitzern des Sees, auf der rechten die Wiese mit den Liegeplätzen.

Love is strange, so real in the dark.

Plötzlich bleibt Chantal stehen.

»Was ist das für Musik?«

Die Freundin hebt den Kopf, wendet sich um, als könne sie die Töne aus verschiedenen Richtungen wahrnehmen.

»Das ist nicht mein Lieblingslied, das ist etwas anderes. Haben sie das im Klub gespielt?«

»Ja«, sagt Gloria.

Chantal lauscht den Klängen, die von irgendwoher, aus der Ferne, zu ihnen dringen, herübergeweht aus der Zukunft.

»Haben sie im Klub dazu getanzt?«

»Ja.«

»Aber nicht hier? Nicht am See?«

»Nein«, erklärt Gloria. »Es ist nicht unser Lied. Wir haben nicht dazu getanzt. Es ist die *Show,* Chantal. Die Musik kommt von der Bühne. Von der Bühne in München. Es ist das Finale. Ich warte auf meinen Einsatz.«

Chantal zögert. Dann hellt sich ihr Gesicht auf, als erinnere sie sich an früher. Als erinnere sie sich an alles.

»Du bist in der Show? Du bist im Finale?«

Gloria nickt. »Ich habe es geschafft. Wenn sie mich auf die Bühne rufen, werde ich schießen.«

»Schießen?«

Chantal blickt auf den See. Sie betrachtet das Wasser, das diamantfarbene Glitzern der Sonne auf der Oberfläche, durchschnitten von einem Paddelboot, dann vom Schatten eines vorbeigleitenden Schwimmers.

»Bin ich tot?«

»Nein, nein«, erwidert Gloria.

»Bist du sicher?«

»Ja«, sagt Gloria.

Doch Chantal glaubt ihr nicht, Gloria kann es fühlen.

»Es tut mir leid.«

Chantal lächelt, wie um sich an einem schönen Gedanken festzuhalten. »Habe ich dir gesagt, wie sehr ich dich liebe?«

Gloria kommen die Tränen.

»Haben wir unser Lied gesungen?«

Ja, das haben sie. Chantal weiß es. Sie weiß, dass sie miteinander die Texte geübt haben, dass sie sich immer wieder angespornt und Mut gemacht haben.

You're standing here beside me.

Immer noch blickt Chantal zum See, und Gloria begreift, dass es soweit ist, dass sie jetzt gehen muss. Dass sie gehen muss, um es zu Ende zu bringen. Sie begreift es und bemerkt, wie sich – irgendwo über ihnen – eine Wolke vor die Sonne schiebt.

Chantal starrt auf den dunkler werdenden, blaugrün gefleckten Spiegel. Sie starrt hin, als würde sie im Wasser etwas Neues erkennen.

»Sie haben mich in der Badewanne gefunden«, sagt sie.

Gloria will sie umarmen, festhalten. Aber sie ist wie versteinert.

»Es hat niemanden interessiert, nur die Menschen im Klub. Blacky hat das Begräbnis bezahlt. Mauro hat geweint. Du hast geweint.«

»Ja«, bestätigt Gloria.

»Und nun musst du schießen«, sagt Chantal. »Ich verstehe es.«

Chantals Hand: wie ein Trost, der über Glorias Haare streicht.

14

Seit Beginn der Show sitzt Fabian Prinz, der Präsident der Jury, mit der gewohnten Mischung aus Langeweile und Ekel auf seinem Platz. Geduldig hört er sich die Songs an, beobachtet die Tanzschritte, beobachtet die Lichtshow, beobachtet die Kamerabewegungen und versucht, ein freundliches Gesicht zu machen. Bestimmt ist ihm das, wie er denkt, sonst schon besser gelungen. Eigentlich empfindet er heute Abend mehr Ekel als Langeweile. *Bedeutend* mehr Ekel; mehr als die Jahre zuvor. Prinz ist verblüfft, dass das überhaupt möglich ist.

Trotzdem spielt er mit. Brav sitzt er am roten, halbkreisförmigen Tisch der Jury und erträgt die Anstrengung seiner freundlich-aufmerksamen Präsidentenrolle. Das ist machbar, das *kann* er. Auch wenn sich die bösen Gedanken nicht verhindern lassen, die ihm meistens kommen, wenn er an diesem Tisch sitzt. Die bösen Gedanken und manchmal zum Beispiel der Wunsch, irgendwann endlich einmal aufzuspringen, in Richtung Moderator, um den Kerl – vor laufenden Kameras – am Kragen zu packen. Um den Moderator fertigzumachen, diese Nullnummer, die sie an dieser verdammten Show schon *so lange* ertragen müssen, mehr noch als die dummen Lieder. Ja, gleich hier, vor den Augen der Welt, den Moderator zusammenschlagen und zum Schweigen bringen, damit niemand mehr seine abgeschmackten, theatralisch ins Scheinwerferlicht gestreuten Bedeutungslosigkeiten ertragen muss!

Aber selbstverständlich macht Prinz nichts dergleichen. Selbstverständlich hat er sich im Griff und schafft es während des ersten Songs von Melanie aus Deutschland sogar, über die präsidiale Würde seines Gesichts ein Lächeln zu schicken. Obwohl er den Song von Melanie nicht besonders mag, noch nie gemocht hat. Die Stimme dieser Melanie ist gut, jedenfalls besser als die der meisten beim Contest, auch wenn die Nummer insgesamt nicht über den branchenüblichen Durchschnitt hinauskommt.

Jemand möge uns erlösen, denkt Prinz.

Wie er es über die Jahre nur geschafft hat, all diese Darbietungen durchzustehen? Das ist eine ernsthafte Frage, die plötzlich in seinem Kopf aufscheint, als wäre das Problem ganz drängend, und als könne die Antwort Frieden bringen.

Als Melanie aus Deutschland mit dem Song zu Ende ist, und die Jury ihr erstes Urteil fällen muss, verfällt Prinz in ein Räuspern und beginnt zu schmunzeln. Er aktiviert seinen professionellen, telegenen Charme. Erstaunlich, wie leicht es ihm immer wieder fällt, im entscheidenden Moment das Gewicht der Wahrheit, die hässliche Fratze der Heuchelei, loszuwerden – wie ein kleines Vögelchen, das die Wassertropfen einer dreckigen Pfütze abschüttelt.

Nachdem Melanies Auftritt von der Jury benotet worden ist und in den Büros des Studios die Auswertung der Zuschauervoten beginnt, wird Jason aus Irland auf die Bühne gerufen.

Es ist in diesen Minuten, als Robert einen Blick auf seine Uhr wirft. Robert ist der Mann, der Gloria die Walther PPS besorgt hat, der Mann, den das »Sixty Nine« als Techniker ins Studio geschmuggelt hat.

Im Augenblick befindet sich Robert in der Nähe der Fernsehbühne. Genauer gesagt, steht er an der gelb gestrichenen Wand hinter der Bühne, neben einem Korridor, der zu einem Lift führt, mit dem man den Regieraum erreichen kann.

Obwohl der entscheidende Moment des Abends unaufhaltsam näher rückt, ist Robert nicht sonderlich nervös. Er hat, an der Seite von Blacky, schon einiges erlebt. Auf der anderen Seite, wenn er ehrlich ist: es wäre gut, wenn es endlich losginge. Sie planen das verdammte Ding schon so lange, dass er es nur noch hinter sich bringen will.

Den Studioangestellten, die in den letzten Minuten an ihm vorbeigekommen sind – unterwegs zum Lift, zum Regieraum –, ist Robert nicht weiter aufgefallen. Er gehört ja seit Beginn der Staffel zu den Technikern.

Die Leute im Team schätzen den Techniker, denn er arbeitet schnell. Und Robert verfügt über einen bemerkenswerten Überschuss an Muskeln; es ist grundsätzlich vernünftig, mit solchen Menschen gut auszukommen.

Dass Robert heute Abend einen sechzig Zentimeter langen Gummischlagstock zur Arbeit mitgenommen hat – das Ding liegt unter ihm am Boden, direkt an der Wand –, ist ebenfalls niemandem aufgefallen.

Etwa zwei Kilometer vom Studio entfernt, im Hotelzimmer 211, verfolgt Sandro die Show auf seinem Computerschirm. Die Smartphones, zwei identische Geräte, liegen bereit.

Unter den Zuschauern in ganz Europa sind vor allem die Millionen von Mädchen zwischen fünfzehn und achtzehn begeistert von Jasons Auftritt, dem »Schönling aus Irland«.

Einige Mädchen sind derart große Fans von Jason, dass sie von der *totalen Unmöglichkeit* überzeugt sind, heute Abend könne jemand anders den Titel holen. Oder der nächste Auftritt könne auch nur halb so gut sein wie der Auftritt von Jason.

Für Mary aus England, Luigi aus Italien und Rosaria aus Spanien, die Jasons Auftritt ebenfalls gebannt verfolgen und dem Jungen die Daumen drücken, wächst in diesen Minuten die Hoffnung, Gloria möge nach diesem Auftritt schlecht abschneiden, ja, sie möge schon in dieser ersten Runde hinter der Konkurrenz zurückbleiben und es nicht mehr schaffen, den Rückstand aufzuholen.

Wie bereits Melanie aus Deutschland, bekommt auch Jason von der Jury neun von zehn möglichen Punkten. Nur selten sind schon die ersten Songs bei einem *Eurostar*-Finale so hoch bewertet worden.

Diamanti, noch immer in der Bar mit den anderen Gästen, wird während des Auftritts von Jason unruhig. Er kann nicht sagen, warum.

Nach Jasons Nummer und der Punktevergabe durch die Jury erscheint am Bildschirm in Großaufnahme – viel zu lange – der Moderator. Dieser dressierte Geck, der mit hochauflösendem Strahlen irgendeine blöde Geschichte von sich gibt, die die Leute offenbar lustig finden. Die Regie schneidet auf lachende, applaudierende Leute im Studiopublikum.

Vorwärts!, denkt Diamanti.

Er beobachtet das Nicken des Moderators auf dem Bildschirm und die ernsten, teils wenig intelligt dreinblickenden

Gesichter der Jurymitglieder. Er staunt über die an Disney und Barbie erinnernden Farben der Studiodeko, dieses Jahr besonders hässlich und darum bemüht, alles wie im Märchen aussehen zu lassen.

In Wirklichkeit besteht das Studio aus einer gewöhnlichen Lagerhalle, aufgeteilt in zwei Hälften, wie Diamanti weiß. In der vorderen Hälfte der Halle singen und tanzen die Anwärter; der Bühnenboden ist aus Plexiglas und leuchtet farbig auf, je nach Seelenlage des Songs.

Hinten an der Bühnenwand hängt ein Großbildschirm, für die Videoclips zu den Kandidaten. Die zweite Hälfte des Raums gehört dem Tisch der Jury. Und im Rücken der Jury sitzt, wie in einem modernen Amphitheater, das Studiopublikum. Der ganze Zauber wird gefilmt von vier bis sechs Kameras.

Vermutlich wird Diamantis Unruhe nur deshalb immer größer, weil der Moderator sein Gerede in die Länge zieht. Schamlos. Dann endlich kündigt er Gloria an – die »bezaubernde Entdeckung aus der Schweiz«.

15

Glorias Name: laut und feierlich tönt er über die Lautsprecher, laut und feierlich wie die Stimme des Moderators, und dazu, aus einer weichen, undeutlichen Ferne, Applaus.

Jetzt, jetzt.

Gloria hat sich von ihrem Platz erhoben. Sie verlässt – weiche Beine – den Warteraum. Sie tritt über die Türschwelle und sieht vor sich die Bühne. Schnelles, hämmerndes Herz.

Weitergehen. Und lächeln, immer lächeln. In alle Richtungen. So, wie sie es gelernt hat: ein Lächeln für die Kameras, für die Zuschauer zu Hause. Ein Lächeln für die Jury. Ein Lächeln für das Studiopublikum. Ein Lächeln für die Schweiz und für die Fans da draußen.

Gloria fühlt die vor Spannung knisternde Erwartung, die den Raum durchfließt. Kann es beinahe mit Händen greifen, das Fieber, das vom Publikum hinter dem Jurytisch ausgeht. Ein hysterisches Fieber, passend zum Hunger der Augen, den sie kennt, den Hunger der Augen, der sich nun an alle ihre Bewegungen heftet. Sekunden, die sie zurückschrecken lassen, vor einem Applaus, der so mächtig wirkt. Wie eine Gefühlsbrandung, die auf die Bühne zurollt.

O nein! Bitte!

Gloria zögert. Beklemmende Starre, die ihre Beine lähmt. Es ist – erschreckend. Doch dann blickt sie hinunter zum Plexiglasboden, auf den milchigen Widerschein des Scheinwerferlichtes dort unten, auf das lackierte Rot ihrer Schuhe.

Home is where I want to be.

Gloria schüttelt den Kopf und wartet. Eine Sekunde, zwei Sekunden. Dann bemerkt sie Kamera Zwei und Drei, auf der linken und rechten Seite der Bühne: langsam gleiten sie über den Boden auf sie zu. Und weiter drüben, neben dem Jurytisch, steht Kamera Eins.

Gloria hört Zurufe aus dem Publikum, Pfiffe, Jubel. Sie wartet, bis der Moderator, im Knopfloch des Anzugs eine Rose, zu ihr kommt. Übertrieben freundlich, ja zuckersüß sieht er aus. Wie der beste Freund, den man sich auf der ganzen Welt wünschen kann.

Erstaunt nimmt Gloria wahr, wie er strahlt, wie er eine Verneigung andeutet und ihr dann die Hand entgegenstreckt. Mein Gott, wie schafft er es nur, so *sympathisch* auszusehen?

Gloria nimmt die Hand des Moderators und schüttelt sie. Mit der linken Hand hält sie die Walther PPS versteckt, in der Tasche des Blazers. Die Hand des Moderators fühlt sich seltsam an, zu weich; zerbrechlich wie die Hand einer Frau. Ja, wie die Hand einer kleinen, schwachen Frau.

Home is where I want to be.

Der Moderator lässt mit seinen Augen winzige, silberne Sonnen im Scheinwerferlicht aufleuchten. *Funkelnde Augen* wie aus dem Bilderbuch. Ein Prachtkerl, dieser Moderator. Ein richtiger Wundermensch mit der Gabe, alles schön, alles großartig aussehen zu lassen.

Gloria fühlt die Strahlkraft überall in der Halle, während sich die Kameras an sie heften; als müssten sich die Teleobjektive an Gloria satt sehen, als müsste sich die Welt da draußen von diesem Moment *ernähren*, von der Energie ihrer Blicke und Gesten.

Die Kameras gleiten nun hoch, unter ihnen flackert der Bühnenboden; zuerst rot, dann weiß, dann wieder rot. Die

Schweizer Nationalfarben, wie mit der Regie abgesprochen; Gloria hat es vergessen.

Auf einmal ist es anstrengend, hier zu sein. Auf einmal ist es anstrengend, einfach nur da zu stehen. Auf einmal ist alles schwer: die Walther PPS, die linke Hand in der Tasche des Blazers, der klebrige Schweiß im Nacken.

Nein, bitte!

Der Moderator bringt das Publikum zum Lachen, mit irgendeinem Spruch. Es scheint ihm sehr leicht zu fallen, das Spiel zu spielen. So leicht, dass er das Publikum längst damit angesteckt hat und die Stimmung weiter anheizen kann. Anheizen und die Erwartungen an die perfekte Show mit einer perfekten Siegerin höher steigen lassen, hinauf zur Studiodecke und weiter, in Richtung Himmel.

Die Hand, denkt Gloria, die Pistole.

Wahrscheinlich wird dem Moderator jetzt gleich auffallen, dass etwas nicht stimmt, es *muss* ihm auffallen. Er weiß doch, dass Gloria längst damit beginnen sollte, ihre vorbereiteten Sätze aufzusagen.

Hinter ihnen, auf dem Großbildschirm, läuft der Videoclip, den man zu Glorias Person vorbereitet hat, einer der Filme, die dem Publikum etwas über die Kandidaten erzählen sollen.

Gloria staunt, wie gut die Bilder aussehen, wie virtuos man das Material zusammengeschnitten hat; und wie nett, wie *reizend* die Gloria da oben auf dem Schirm wirkt. Wie *hübsch*.

Immer noch kann sie sich nicht bewegen, immer noch die linke Hand in der Tasche, immer noch der Schweiß, nicht nur im Nacken, auch an den Händen. Wie lange noch? Wann wird sie endlich loslegen? Wann wird sie aufwachen, wann wird sie zurückkehren in die Stimmung vor dem Betreten der Bühne?

Hi, yo!

Wie seltsam, denkt sie, dieses Lied. Dieses Lied, das Chantal immer geliebt hat. Das Lied, das immer so lustig und traurig gewesen ist und das Gloria nie wirklich verstanden hat.

Chantal, denkt sie.

Nun gelingt es ihr endlich, sich zu bewegen. Gelingt es ihr, sich nach rechts zu drehen, in Richtung Zuschauertribüne. Sie will den Großbildschirm nicht mehr sehen, erträgt die Bilder mit dem lachenden Mädchen nicht mehr, mit dem in allen Situationen strahlenden, siegessicheren Mädchen, das nie existiert hat.

Gloria schließt kurz die Augen und spürt, wie die Spannung im Saal nachlässt und aufhört, sie zu bedrängen. Gut. Sie kann hören, wie die Geräusche des Publikums im Hintergrund verschwimmen. Und mit ihnen der warme, kreisende Hunger der Kameras unter den Scheinwerfern.

Die Luft, sie verändert sich. Die Luft riecht plötzlich nach See, nach dem Gras jener Liegewiese.

This must be the place.

Das Gras am See. Am See jenes Ortes, an dem Gloria und Chantal zusammen sein können.

Did I find you, or you find me?

»Wie habe ich diesen Song geliebt«, sagt Chantal.

Gloria nickt.

»Ich stehe jetzt auf der Bühne. Alle schauen zu, Millionen von Menschen. Soll ich schießen?«

Die Freundin scheint über die Frage zu lächeln, als wäre damit eine schöne Vorstellung verbunden; oder als habe sie etwas anderes verstanden; oder als gingen ihr neue Gedanken durch den Kopf, eine lustige Erinnerung vielleicht.

»Ich stehe da, die Kameras laufen, verstehst du? Ich kann es tun. *Ich kann es tun*.«

Gloria wünscht sich wirklich, dass Chantal ihr bei der Entscheidung hilft, doch sie bekommt von der Freundin keine Antwort. Sie wartet; die linke Hand immer noch in der Tasche des Blazers, verschwitzt, schwer.

»Allein schaffe ich es nicht.«

Chantal antwortet nicht. Stattdessen starrt sie auf das Wasser im See. Dann flüstert sie etwas, bewegt leise die Lippen.

»Was sagst du?«

Gloria will Chantal am Arm packen und sie drücken, damit sie begreift, wie *dringend* es ist, dass sie sich jetzt verstehen, dass sie Gloria jetzt nicht im Stich lässt, jetzt, in der Stunde der Entscheidung.

Sie bemerkt, wie sich unter ihnen im See etwas bewegt, wie etwas an die Oberfläche getrieben wird. Ein Körper, halbnackt, hell wie ein Fischbauch. Eine tote Frau. Eine tote, *in der Badewanne ertrunkene* Frau. Eine Frau, erstickt an der Einsamkeit, an den Täuschungen der Pillen, am Wundergift aus Pulver und Alkohol.

»Nein, nein«, sagt Gloria.

Doch Chantal steht jetzt nicht mehr neben ihr, hört sie nicht mehr, hört überhaupt nichts mehr.

»Nein«, wiederholt Gloria, weil sie nicht möchte, dass die Tote im Wasser ihre Freundin ist.

»Chantal!«

Sie brüllt den Namen heraus, wie eine über Jahre zurückgehaltene, gegen Gott geschleuderte Wut, und springt ins Wasser. Gloria greift nach der kalten, glitschigen Blässe des Arms; rutscht aus, kämpft sich im Wasser hoch; sinkt ein im Schwemmland unter der Oberfläche; wehrt sich, greift nach dem anderen Arm, reißt ihn an sich; verfängt sich in den dunkel schwebenden Haaren; starrt ins geliebte, aufgequollene Gesicht.

»Chantal!«

Wer kann sie hören? Wer kann ihn sehen, den brennenden Draht, der sich um die Seele gewickelt hat? Den Draht, der jede Erinnerung zusammenquetscht, jede Hoffnung? Wer kann die Augen sehen? Die Augen, aus denen die ganze Chantal vom Tod herausgebrannt worden ist?

Wer in diesen Minuten die Show verfolgt, im Studio oder zu Hause am Bildschirm, der kann natürlich nichts davon sehen. Der kann nur sehen, wie Gloria reglos, in sich versunken, neben dem Moderator auf der Bühne steht, die Lippen zitternd. Das blasse, schmächtige Mädchen aus der Schweiz. Überfordert, wie es scheint, gelähmt vom Lampenfieber.

16

Der Moderator von *Eurostar* ist geduldig. Er möchte Gloria die Zeit geben, die sie braucht. Er möchte, dass alle Kandidaten ihre Chance haben, das Publikum für sich zu gewinnen, also bleibt er neben Gloria stehen und wartet.

Schließlich beugt sich der Moderator vor. »Es ist soweit, meine Liebe«, sagt er sanft, so dass die Mikrophone es kaum registrieren.

Einige Momente später – endlich – scheint die Kandidatin zu sich kommen. Sie wirft ihm einen eigenartigen Blick zu. Kein besonders freundlicher Blick, nein. Die Augen des Mädchens wirken scharf, bohrend. Beinahe, als wollten sie ganz in den Kopf des Moderators dringen. Unangenehm. Zunächst versucht er, die Situation zu überspielen und denkt, kraft seiner langjährigen Fernseherfahrung, ans Publikum. Der Moderator macht einen lustigen Spruch – Gelächter im Hintergrund –, um dem Mädchen noch einige Sekunden zu verschaffen. Bis ihm die Waffe auffällt.

Tatsächlich: Das Mädchen scheint eine *Waffe* in der Hand zu halten.

»Hau ab«, sagt Gloria.

Es klingt irgendwie – falsch. Und wer weiß, vielleicht ist das Ganze ein Scherz; warum nicht, eine Wasserpistole, eine Softgun?

Gloria macht einen Schritt auf ihn zu. Bis zu diesem Moment hat sich der Moderator sein Lächeln bewahrt, das

Lächeln, das alles unter Kontrolle behalten kann, das antrainierte Lächeln, daran gewohnt, die Ereignisse auf der Bühne zu orchestrieren.

»Du sollst verdammt noch mal abhauen!«, schreit das Mädchen.

Als der Moderator sich immer noch nicht rührt – das kann ja nicht sein, dass er die Bühne verlässt, die Regie hat nichts dergleichen angeordnet, und so etwas ist auch noch nie vorgekommen – holt das Mädchen zum Schlag aus und trifft ihn mit der Waffe ins Gesicht, voll aufs Nasenbein.

In seinem Kopf explodieren heiße Sterne. Sterne, aus denen Blut herausplatzt. Der Moderator taumelt rückwärts, die Hände vor dem Gesicht zusammengeschlagen.

Gloria folgt ihm ohne besondere Eile. Kamera Eins und Zwei rollen seitwärts mit, so still, wie sich Kamera Drei am Bühnenrand postiert hat, um die Szene von vorne zu filmen: den taumelnden, tränenden, dunkelrot tropfenden Moderator, der nach ein paar Metern zusammensinkt.

Gloria bleibt über ihrem Opfer stehen; wie das anmutige kleine Gespenst, mit dem niemand gerechnet hat.

Oben im Regieraum können die Leute, die das nette Mädchen aus der Schweiz mögen, die Szene nicht fassen.

»Um Himmels willen, was macht sie da?«

Die Frage kommt vom Regisseur.

Am Kontrollpult neben dem Regisseur sitzt die Assistentin, und hinter ihr, in der Hand ihre Lieblingskaffeetasse *I love California,* die Produktionsmanagerin.

Später können weder der Regisseur noch die anderen Teammitglieder der Polizei erklären, was sie zu diesem Zeitpunkt genau gedacht haben, ob sie überhaupt dazu gekommen sind, sich tiefere Gedanken zu machen. Was der Regisseur jedenfalls sogleich empfindet – und später wohlweislich verheimlicht –, ist das klare und starke Bedürfnis, die Bildregie anzuweisen, sich nichts von dem, was da unten vor sich geht, durch die Lappen gehen zu lassen. Jede Bewegung, jede Geste soll im bestmöglichsten Licht eingefangen werden – zumindest solange, bis der Sender die Live-Übertragung unterbricht.

Als Diamanti den Schlag ins Gesicht des Moderators mitverfolgt – vor dem Großbildschirm in der Münchner Bar – fällt ihm auf, wie gut die Szene eingefangen wird: mit einer perfekt ausgeleuchteten Halbtotalen, als hätte der Kameramann genau gewusst, was geschehen wird und wo er sich zu positionieren hat.

Es sieht so effektvoll aus, dass die anderen Barbesucher verunsichert wirken.

»Ist das *echt?*«, fragt eine der Frauen.

Der Mann zu ihrer Rechten – schwarzer Anzug und Igelfrisur – ist der Meinung, der Schlag mit der Waffe auf das Gesicht des Moderators sei echt gewesen, während sein Kumpel – ebenfalls schwarzer Anzug – davon ausgeht, dass alles nur »nur inszeniert« wird, wegen der Einschaltquoten.

»Das ist keine echte Waffe«, sagt er, »auch das Blut sieht lächerlich aus.«

Diamanti beobachtet Glorias Gesicht, zu sehen in Großaufnahme. Nein, irgendwie kann auch er nicht glauben, was er sieht, auch wenn er etwas geahnt hat, auch wenn er etwas gewusst hat.

Auf dem Bildschirm richtet Gloria die Waffe auf die Mitglieder der Jury. »Niemand rührt sich«, sagt sie.

Einige Sekunden Stille.
»Wer sich bewegt, hat eine Kugel im Kopf.«

17

»Ihr habt nichts zu befürchten!« ruft sie dem Studiopublikum zu. »Wer gehen will, kann jetzt gehen. Ihr könnt das Studio verlassen. Aber wenn ihr bleibt, müsst ihr die Klappe halten.«

Niemand reagiert. Jedenfalls kann Gloria von der Bühne aus – sie steht etwa in der Mitte – nichts sehen. Oder nicht sofort. Nach einigen Augenblicken fängt Kamera Vier, hinten in der Halle, einen Mann ein, der sich von seinem Platz erhebt.

Fast gleichzeitig kommt der Moderator wieder auf die Beine, links am Bühnenrand, neben Kamera Eins. Gloria hatte ihn schon fast vergessen.

Der Moderator stöhnt. Immer noch tropft Blut aus seiner Nase. Trotzdem macht er nicht den Eindruck, als wolle er verschwinden. Es sieht eher danach aus, als wolle er zu Gloria kommen, um wieder die Kontrolle über die Show zu übernehmen.

Ja, der Moderator nähert sich. Gloria schwenkt die Waffe herum und drückt ab. Ein gezielter Schuss vor die Füße des Moderators. Der Plexiglasboden, neben seinen gelb glänzenden Schuhen, spuckt Splitter in die Luft. Splitter, die später in den Tagesschaubeiträgen diverser Länder gezeigt werden, in Superzeitlupe.

Nun wird es unruhig im Publikum. Frauen und Männer eilen zu den Seitenausgängen. Auch der Moderator scheint zu kapieren. Er bewegt sich rückwärts davon, mit einem Gesicht, in dem jeder lesen kann, dass seine Aufgabe für heute getan ist. Er verlässt, noch immer bluttropfend, die Bühne.

Gloria – Kamera Zwei an der Seitenlinie – wendet sich dem Jurytisch zu und richtet die Waffe auf die Jurymitglieder. Genauer gesagt zielt sie in die Mitte, dorthin, wo Fabian Prinz sitzt.

Keiner wagt es, sich zu rühren, weder Britt Van Gaalen noch James Averosa, schon gar nicht Angela Rossini.

»Angela,« sagt Gloria, »du kannst gehen. Du hast mit Chantal nichts zu tun, du bist damals nicht dabei gewesen.«

Angela, die unmöglich verstehen kann, worum es geht, was hier los ist, sitzt da wie vom Schock festgezurrt. Sie hat den Schuss gehört. Sie hat gesehen, dass die Waffe von Gloria echt ist. Sie hat es gesehen und will, so scheint es, nicht mehr atmen, auf keinen Fall etwas falsch machen.

»Angela?«

Keine Reaktion.

»Du musst gehen«, sagt Gloria.

Angela macht große Augen.

»Angela, du musst jetzt *gehen*.« Gloria richtet die Waffe auf sie. »Ich verspreche dir, dass es besser für dich ist.«

Aber die Italienerin reagiert immer noch nicht.

Im Vergleich dazu wirkt Britt Van Gaalen gefasster. Für einen Moment sieht es sogar so aus, als wolle sie einen ihrer blöden Kommentare abgeben – ja, sie öffnet den Mund, doch dann schließt sie ihn wieder, als habe sie es sich doch anders überlegt.

Nun erhebt sich Angela von ihrem Platz, die Hände zitternd, wie man durch die Großaufnahme von Kamera Zwei sehen kann. Sie wirft einen Blick auf Fabian Prinz, als erwarte sie, dass der Präsident der Jury etwas zu der Angelegenheit sage, doch der beachtet sie nicht.

Angela kommt um den Tisch herum, relativ langsam, unsicher. Gloria wartet, bis sie die Bühne verlassen hat, dann nimmt sie das Handy aus der Tasche ihres Blazers und hält das Gerät in die Kamera.

»Sehen Sie das hier? Das ist eine Botschaft an die Regie und an den Sender. Wagt es nicht, die Sendung zu unterbrechen. Ich habe Freunde da draußen. Sie verfolgen aufmerksam die Show. Freunde, die mich anrufen, wenn wir nicht mehr auf Sendung sind. Wenn die Show unterbrochen wird, jage ich Britt Van Gaalen eine Kugel in den Kopf.«

Im Regieraum steht der Chef auf und deutet auf die Kontrollschirme. »Alles drauf? Können wir den Schuss noch mal haben? Wo steht die Drei? *Dranbleiben* an ihrem Gesicht. Und an der Waffe! Die Zwei will ich direkt neben Van Gaalen.«

Die Assistentin fragt den Chef, ob er nicht verstehe, wie ernst das hier sei. Die Produktionsmanagerin, noch immer mit der Kaffeetasse *I love California,* räuspert sich. Dann erklärt sie, dass man die Sendung auf der Stelle unterbrechen müsse.

»Alle bleiben auf Position«, erwidert der Regisseur. »Keine Totalen mehr, so nahe wie möglich dranbleiben!«

»Verstehst du nicht?«, sagt die Assistentin. »Das ist unmöglich, wir müssen die Sendung unterbrechen.«

»Unterbrechen?«

»Die Vorschriften.« Die Produktionsmanagerin knallt ihre Kaffeetasche auf den Tisch. »Keine Fluchworte, keine Gewalt, keine Religion.«

Der Kollege vom Ton meint: »Habt ihr gehört? Sie hat eine Chantal erwähnt. Ich glaube, wir hatten in den vergangenen Staffeln mehrere Chantals. Und eine – die kam ebenfalls aus der Schweiz, erinnert ihr euch? Muss eine Weile her sein, sieben Jahre oder länger.«

Der Regisseur überlegt.

»Das Filmarchiv«, sagt er dann.

»Was?« Die Assistentin versteht nicht.

Der Regisseur schenkt ihr ein langsames, bedeutungsvolles Nicken, wie er es manchmal tut. »Ich will wissen, was es mit dieser Chantal auf sich hat. Sucht im Archiv. Sucht nach Chantals.«

»Heißt das, wir unterbrechen *nicht*? Rufen wir nicht wenigstens die Polizei?«

»Was ist mit Kamera Drei? Wieso ist sie immer noch so weit weg?«

Hinter der Bühne hat sich Robert inzwischen an die Arbeit gemacht. Er ist mit seinem Gummischlagstock unterwegs. Überraschenderweise haben bisher nur zwei Studioangestellte versucht, durch den Warteraum auf die Bühne zu gelangen, um den Zwischenfall zu beenden.

Er hat die beiden Angestellten mit schlagkräftigen Argumenten zur Umkehr bewogen, je zwei Argumente für Schultern und Oberarme. So ein Gummischlagstock ist eine überzeugende Sache.

Nun steht Robert im Warteraum, in dem es nach Parfüm riecht, als säßen die Kandidaten immer noch da.

Er verriegelt die Türen: zuerst die Tür zum Korridor, dann die Tür zur Bühne. Er benutzt den Schlüssel, den er der Frau aus dem Make-up-Team geklaut hat. Robert wartet ein paar Augenblicke, um den Schlagstock hochzuheben, dann betritt auch er die Bühne. Er kann, ganz vorne, Gloria sehen, wie sie die Waffe auf die Fernseh-Jury richtet. Dann bemerkt er, wie ihn eine der Kameras erfasst und ein großes, schwarzes Insekt herangeschwebt kommt.

»Hallo Leute«, sagt Robert in die Kamera. »Das ist jetzt unsere Show. Wer uns stört, wird zu Brei geschlagen.«

Mit kaltem Glanz starrt ihn die Kameralinse an, während er den Schlagstock schwingt. Auch diese Szene wird später von verschiedenen Nachrichtensendern übertragen.

18

Nun beginnt Gloria, von Chantal zu sprechen. Sie erzählt von der Show und dem Jahr 2013. Von der Show, an der Chantal teilgenommen hat.

»Wie ein Stück Vieh habt ihr sie behandelt!« Gloria zielt immer noch auf Fabian Prinz. »Ganz allein ist sie vor diesem Richtertisch gestanden. Ihr habt sie verurteilt und zerstört. Sie war meine Schwester. Habt ihr das gehört? Versteht ihr das?«

Stille, keiner reagiert.

»Sie war meine Schwester!«

Nun regt sich Britt Van Gaalen.

»Bitte, bitte.« Ihre Stimme klingt mild, irgendwie mütterlich. »Wir wissen nicht, wen du meinst, ich meine, wann genau, wie denn? Ich meine, das ist alles – bedauerlich. Deine Schwester, ich meine, sie kann es anderswo versuchen. Das Musikgeschäft kennt viele Türen zum Erfolg.«

»Chantal kann es nicht mehr versuchen. Sie ist *tot*. Sie hat eure Show nicht überlebt, deswegen werdet auch ihr diese Show nicht überleben!«

»Bitte, bitte.« Britt Van Gaalen versucht zu lächeln. Ein trauriges Lächeln, das vielleicht Mitgefühl ausdrücken soll, Empathie mit einem armen, verwirrten Mädchen. »Das ist doch alles, das ist doch alles – wir können doch nicht…«

Sie spricht nicht weiter, presst die Lippen zusammen. An diesem Punkt scheint James Averosa, nicht gerade bekannt für seine Waghalsigkeit, einschreiten zu wollen.

Averosa beugt sich, auf seinem Platz sitzend, nach vorne. Er meint, dass er den Schmerz von Gloria »sehr gut« verstehen könne, nach so einer Tragödie, wie sie sich hier in diesem Studio – wenn er recht verstehe – offenbar abgespielt habe; schrecklich, ein »großes, großes Unglück«.

Gloria richtet die Waffe auf ihn.

»Kein Unglück«, sagt sie. »Ihr habt das getan. Ihr Drei. Ihr habt meine Schwester missbraucht und in den Mülleimer geworfen. Es war kein Unglück. Ich will, dass das hier klar ist. *Ihr* habt sie zerstört, und genau das werde ich mit euch machen.«

»Ich bitte dich«, erwidert Averosa. »Das kann doch nicht sein!«

Vielleicht will er fortfahren, will sich besser erklären, will sich auch entschuldigen für seine ersten, falschen Worte, für den schlecht gewählten Begriff des Unglücks. Vielleicht will er genauer darlegen, warum es trotz der tragischen Ereignisse, die Gloria wohl »tief verletzt« haben, warum es dennoch nicht gut sein kann, nun damit zu drohen, hier im Studio in München Menschen zu erschießen, weil ja niemand wieder lebendig werden könne durch den Mord an anderen – irgendetwas in der Richtung.

Gloria ist sicher: James Averosa kann jederzeit, ohne mit der Wimper zu zucken, sein Geschwätz vom Stapel lassen. Er kann jederzeit Süßholz raspeln oder sich als Opfer der Umstände präsentieren. Averosa würde *alles* sagen, um sich aus der Affäre zu ziehen.

Gloria kann es in den verlogenen Augen des Hosenscheißers sehen. Sie denkt an die Show von 2013, die sie damals vor dem Fernseher in Zürich mitverfolgt hat. Gloria denkt an die Bilder und Töne damals, die sich in ihr Gedächtnis gebrannt haben. Sie erinnert sich an die Szenen mit dem lockeren

USA-Getue von James Averosa, der sehr selbstgerecht aufgetreten ist und kein gutes Haar an Chantal gelassen hat. Gloria erinnert sich, als wäre es heute, an die Szenen mit Van Gaalen, an ihr pseudomütterliches Lachen, das in Wahrheit kalte Berechnung gewesen ist, eine gnadenlose Farce mit dummen Kalendersprüchen.

»Nicht dein Ding, liebe Chantal, das Singen, nein, definitiv nicht dein Ding.«

»Versuch es doch zuerst eine Nummer kleiner, meine Liebe, in einer Band bei euch in der schönen kleinen Schweiz, als Backstage-Sängerin.«

Und natürlich Fabian Prinz, der Schlimmste von allen, der sogenannte »Jury-Präsident«! Damals hat er die gemeinsten, niederträchtigsten Dinge zu Chantal gesagt.

Jetzt sitzt er einfach nur da, schweigend. Prinz sitzt da, als sei nichts passiert, als nehme die Show den gewohnten Verlauf, oder als beträfe ihn das Ganze überhaupt nicht. Dabei ist Gloria sicher, dass Prinz sich erinnert, dass er sich erinnern *muss*, wer Chantal gewesen ist.

Gloria irrt sich.

Fabian Prinz erinnert sich nicht. Jedenfalls fällt es ihm schwer, mit dem Namen Chantal etwas zu verbinden. Er geht in seinem Kopf die Mädchen durch, die ihm während der vergangenen Staffeln irgendwie aufgefallen sind, Mädchen, deren Songs oder Tanznummern an ihm hängengeblieben sind. Der Präsident der Jury versucht, sich an die *Gesichter* der Mädchen zu erinnern. Das gelingt ihm normalerweise besser als die Erinnerung über die Namen, denn in dieser Branche sind es sowieso meist Künstlernamen. Austauschbare Namen wie Michelle oder Kevin.

2013? Das ist sieben Jahre her!

Verdammter Mist, denkt Prinz, verdammter Mist.

Oben im Regieraum piepsen, brummen und dudeln jetzt die Smartphones, wie bei einem Kammerkonzert für Kleingeräte.

Der Regisseur, immer noch ruhig, nimmt einen der Anrufe entgegen. Es ist der Chef der Produktionsfirma, der wissen möchte, warum die Sendung noch nicht unterbrochen worden ist. Außerdem möchte er wissen, wo die Polizei bleibt.

»Die Sendung unterbrechen ist heikel«, antwortet der Regisseur.

»Heikel, ja. Aber wir müssen es tun.«

»Du hast es gehört,« erwidert der Regisseur. »Wenn wir unterbrechen, erschießt das Mädchen Britt Van Gaalen.«

»Ich habe es gehört«, bestätigt der Chef.

»Der Sender könnte von sich aus unterbrechen«, sagt der Regisseur. »Ihr zieht den Stecker, über meinen Kopf hinweg. Ihr übernehmt die Verantwortung.«

»Ja.« Einige Sekunden Stille am anderen Ende der Leitung. »Wir ziehen den Stecker und übernehmen die Verantwortung.«

Der Regisseur wartet.

»Und?«, fragt die Stimme des Chefs. »Unterbrechen wir?«

»Deine Entscheidung.«

»Was ist mit der Polizei?«

»Ja«, überlegt der Regisseur. »Vielleicht sind sie da, bevor es zum Schlimmsten kommt.«

»Ja«, bestätigt die Stimme des Chefs. »Wenn wir jetzt unterbrechen, riskieren wir den Tod von Britt Van Gaalen.«

»So ist es.«

Wieder Stille am anderen Ende der Leitung.

Dann erklärt der Chef, dass er unbedingt zuerst »Rücksprache« halten müsse mit dem Verwaltungsrat, und mit der Rechtsabteilung.

»Der Sender darf sich auf keinen Fall erpressbar machen lassen,« sagt der Chef. »Und wir dürfen auch das Leben von Frau Van Gaalen auf keinen Fall gefährden.«

Nach diesem Telefonat ist der Regisseur unsicher. Was soll er tun, was *darf* er tun? Ihm ist klar: was immer geschieht, dort unten im Studio, hier oben im Regieraum oder später mit Polizei und Behörden – er, als Regisseur, wird das Ganze in jedem Fall mitverantworten müssen.

Wenn der Befehl zum Abbruch gegeben wird, Gloria davon erfährt und ihre Drohung wahr macht, wenn diese Gloria tatsächlich auf Britt schießt und die Frau sterben sollte, wäre es eine Katastrophe. Eine unglaubliche Katastrophe.

»Was machen wir?«, möchte die Produktionsmanagerin wissen. Der Regisseur nickt vor sich hin. Nein, die Sache ist alles andere als klar. Wird der Chef darauf vertrauen, dass die Polizei rechtzeitig eintrifft? Wird er den Abbruch anordnen? Müssen sie auf diese Entscheidung des Chefs warten, oder müssen sie selber handeln?

»Wir bleiben auf Sendung.« sagt der Regisseur. »Ruft die Polizei. Meldet eine Geiselnahme.«

Der Beamte in der Notzentrale verbindet die Assistentin aus dem Fernsehstudio mit dem an diesem Samstagabend zuständigen Einsatzleiter. Dieser hört sich die Notfallmeldung an und sichert der Assistentin zu, in spätestens zehn Minuten werde ein Team vor Ort sein.

Auf der Bühne im Studio – neun Minuten vor Eintreffen der Polizei – ist Kamera Vier hautnah dabei, als Britt Van Gaalen etwas Unerwartetes tut.

Frau Van Gaalen erhebt sich von ihrem Platz, ganz so, als habe sie entschieden, dass ihre Geduld jetzt lange genug strapaziert worden sei, dass jetzt der Zeitpunkt gekommen sei, die Sache zu klären und den Spuk zu beenden.

Mit ernstem Gesichtsausdruck kommt Van Gaalen um den Jurytisch herum. Vielleicht fühlt sie sich immer noch ihrer Rolle als Mutter verpflichtet, als fürsorgliche Stimme der Jury. Als Stimme, die von ihrem Gewissen gedrängt wird, sich mit der wütenden Tochter zu versöhnen.

Van Gaalen nähert sich.

»Bleib stehen!«, sagt Gloria.

Sie legt den Finger um den Abzug.

Van Gaalen nähert sich weiter.

»Nein!«, ruft jemand aus dem Publikum.

Van Gaalen macht noch einen Schritt, dann steht sie vor Gloria.

»Stopp!« Die gleiche Stimme aus dem Publikum.

Gloria holt mit dem rechten Bein Schwung und stößt ihren Fuß in Van Gaalens Bauch. Van Gaalen krümmt sich, und Gloria verpasst ihr einen zweiten Tritt, noch kraftvoller, ins rechte Knie.

Mit beiden Händen das Knie umklammernd, krümmt sich Van Gaalen an Boden.

»Ah! Aaaah!«

»Sei still!«, sagt Gloria.

Sie wartet, bis Van Gaalen mit dem Gewinsel aufhört. Bis die ältere, reiche, feine Dame zu ihr hochschaut. Aber ihre Blicke begegnen sich nur kurz. Van Gaalen starrt auf die Walther PPS.

»Nein«, sagt sie. »Nein.«

»Geh zu deinem Platz!«, erwidert Gloria. »Oder du verreckst hier auf der Stelle.«

»Nein«, wiederholt Van Gaalen.

Aber dann beginnt sie, sich zu bewegen. Wimmernd, jammernd. Sie versucht, über den Plexiglasboden zu kriechen, wobei Kamera Eins und Drei die Bewegung seitwärts mitmachen; Kamera Vier bleibt an Gloria dran, Kamera Zwei neben dem Tisch der Jury.

Vielleicht ist es der Anblick des Kriechens und Jammerns, vielleicht hat er einfach genug von der ganzen Situation – jedenfalls ist es jetzt soweit. Zum ersten Mal, zeigt der Präsident der Jury, Fabian Prinz, eine Reaktion.

Er erhebt sich von seinem Platz. Er schaut Gloria in die Augen, ruhig.

»Meine Liebe«, sagt er, »warum bringst du es nicht hinter dich und erschießt uns? Dann können die anderen nach Hause gehen.«

»Nach Hause?«

Prinz lächelt. »Nach Hause, zurück in ihr beschissenes Leben.«

»Willst du sterben?«

»Nein, aber es ist egal am Ende.«

»Egal?«

»Alles ist egal.« Wieder das Lächeln von Prinz.

Es ist kein falsches Lächeln, wie Gloria plötzlich begreift. Es ist ein echtes, bitteres, frostklares Lächeln.

Für Momente wird es, irgendwo hinter ihnen, laut und unruhig. Es scheint, dass einige der Zuschauer plötzlich versuchen, auf die Bühne zu stürmen.

Idioten, die meinen, den Helden spielen zu müssen. Idioten, mit denen Glorias Helfer, Robert, gerechnet hat. Idioten, die ziemlich schnell von Roberts Gummischlagstock zurückgeprügelt werden; zurück hinter die Scheinwerfer. Es krachen Dinge zu Boden, man sieht Gesichter, hochgerissene und wieder heruntergeschlagene Arme, vergrößert von der Bildschirmwand hinten.

Das lenkt Gloria ab, für Sekunden, auch weil die Kamera hin und her schwirrt, um sich nichts entgehen zu lassen.

»Ich bitte dich.« Britt Van Galen beginnt jetzt zu schluchzen. »Das bringt doch alles nichts, das muss doch nicht sein. Du willst uns doch nicht wirklich töten. Nie im Leben will ein Mädchen wie du – hier muss doch niemand sterben.«

»Die *Show* muss sterben!«, ruft Gloria.

Und für Augenblicke, drüben in der Halle, das Echo.

»Show« – »muss« – »sterben!«.

Immer noch steht Fabian Prinz am Tisch, immer noch lächelnd.

Er wartet, bis Stille einkehrt, bis sich hinten in der Halle niemand mehr bewegt, bis auch die Kameras stillstehen.

»Mach dir nichts vor«, sagt er.

»Wie bitte?« Gloria macht einen Schritt auf ihn zu.

Sie zielt mit der Waffe auf sein Gesicht.

»Du sollst dir nichts vormachen, Kleine.«

»Nichts vormachen?«

»Die Show töten.« Jetzt verschwindet sein Lächeln. »Mag sein, dass wir sterben. Ich sterbe, Van Gaalen stirbt, alle sterben. Aber die Show stirbt nicht. Es wird dann eben eine andere Show geben. Mit einem anderen Namen. Ansonsten bleibt alles gleich. Die Show lebt, solange die Leute zuschauen.«

Gloria lässt die Waffe, wie sie es gelernt hat, einen knappen Zentimeter sinken und drückt ab.

Die Kugel trifft Fabian Prinz am linken Arm, zerreißt seinen Bizeps und schleudert ihn herum. Zuerst sieht es so aus, als falle er zu Boden. Doch er schafft es, sich irgendwie zu fangen. Stöhnt auf, wankt, dreht sich und landet, wie ein Betrunkener, im eigenen Stuhl.

In diesem Moment schreit er so laut auf, dass Gloria zusammenzuckt.

Die Szene wird später zensiert und von keinem offiziellen Sender je wieder ausgestrahlt.

In der Schweiz, im Klub »Sixty Nine«, kann Blacky sehen, wie sich Fabian Prinz windet, aus verschiedenen Perspektiven, mit gestochen scharfen Großaufnahmen des Gesichts, der Augen und des zerfetzten Arms. Bis zu diesem Zeitpunkt ist Blacky still dagesessen, genau wie die anderen im Klub, aber jetzt platzt es aus ihm heraus.

»Der Teufel soll mich holen!«, ruft er. »In meinem Leben habe ich gottverdammt nur zwei Männer getroffen mit einem solchen gottverdammten Mut! Dieses Mädchen übertrifft sie beide! Mein gottverdammter Sensei in Okinawa wäre stolz auf sie, mein gottverdammter Sensei in O-ki-na-wa!«

Im Studio – noch siebeneinhalb Minuten bis zum Eintreffen der Polizei – kommt James Averosa nun ebenfalls auf die dumme Idee, sich in Bewegung zu setzen.

Er versucht sogar zu fliehen, zumindest sieht es so aus. Er schnellt nach vorne und will wahrscheinlich zum Notausgang auf der linken Seite der Halle. Doch er prallt gegen Britt Van Gaalen, die gerade wieder zum Jurytisch gehumpelt war. Van Gaalen stöhnt vor Schmerzen im Knie, Averosa entschuldigt sich bei ihr.

»Averosa«, sagt Gloria.

Er reagiert nicht.

»Averosa?«, Gloria wartet, bis der Kerl endlich in ihre Richtung blickt. »Siehst du meinen Freund Robert dort drüben? Den Mann mit dem Schlagstock? Willst du, dass er zu dir kommt? Er haut dir die Eier so weich, dass sie auf die Bühne tropfen.«

»Nein, nein«, Averosa verzieht sein Gesicht, murmelt etwas Unverständliches.

»Wie? Was redest du?«

»Nein, nein. Ich will nicht – wegrennen. Ich will nur – Britt helfen – Britt helfen.«

Fabian Prinz, zurückgezwungen auf seinen Stuhl, es ist unglaublich, hält sich den blutenden Arm, ohne ein Geräusch zu machen. Irgendwie schafft er es, nicht mehr zu schreien, sich zu beherrschen.

Mit verzerrtem Mund blickt er zu Gloria, und Gloria sieht in den Augen etwas ganz anderes als das, was sie erwartet hat, was sie sich über die Jahre immer wieder vorgestellt hat.

Sie hat sich Angst vorgestellt, vielleicht eine Mischung aus Betteln, Arroganz oder Feigheit, oder Panik, so dass die Zuschauer endlich den wahren Fabian Prinz erkennen: ein Häufchen aufgeblasener, menschenverachtender Scheiße.

Aber nichts davon ist jetzt zu sehen. Nein. Das Gesicht von Prinz sieht zwar schmerzerfüllt aus, angestrengt, aber zugleich abwesend. So, als würde er träumen, oder als würde er versuchen, sich auf einen Gedanken zu konzentrieren, der ihm hilft, den Schmerz besser zu ertragen.

Gloria spürt das Gewicht der Waffe, die sie mit den Händen umklammert hält. Die Waffe, die sie auf die Dreckschweine richten muss. Sie spürt den Schweiß unter ihrem Kleid, unter den Armen. Ihre Lippen sind trocken, und irgendwo in den Wolken einer vorübergleitenden Ahnung glaubt sie auf einmal die Sinnlosigkeit zu erkennen, glaubt zu spüren, dass der ganze Abend am Ende nichts bringen wird, überhaupt nichts. Keine Reue, keine Bekenntnisse und vor allem: keine Erinnerung an Chantal, keine Wiedergutmachung.

Gloria bewegt die Lippen. Ein Glas Wasser, genau, nur ein kleines Glas Wasser. Da vorne, auf dem Jurytisch, da steht ein Krug; das Wasser darin funkelt im Studiolicht, wie ein kühles, flüssiges Stück Himmel.

Am besten jetzt nur noch auf ihre Köpfe zielen und abdrücken, einfach abdrücken und Schluss – bevor sie zu schwach dafür ist.

Doch Gloria zögert.

Sie schaut ins Gesicht von Prinz, das ihr unverändert vorkommt, schaut zu Van Gaalen und Averosa, die immerhin ängstlich wirken. Ja, die beiden wirken sogar richtig jämmerlich. Das überrascht Gloria nicht. Gerade die ärgsten, grausamsten Täter sind oft, wenn es um sie selber geht, die wehleidigsten Winzlinge.

Nein, so einfach dürfen sie nicht davonkommen.

Gloria macht einen Schritt auf die beiden zu, für den Bruchteil einer Sekunde geblendet vom Funkeln des Scheinwerferlichts im Wasserkrug.

»Ihr werdet jetzt genau wiederholen, was ich sage.«

Keiner reagiert, also richtete Gloria die Waffe auf Averosas Kopf.

»Ein Wort, das du nicht wiederholst, und ich lösche das Licht in deinem Hirn. Hast du verstanden?«

Averosa macht große Augen und – nickt. Man kann förmlich sehen, wie sein Gesicht an Farbe verliert. Er beginnt auszusehen wie Papier.

Gloria bewegt den verschwitzten Finger am Abzug.

»Ich bin ein selbstverliebtes Arschloch«, beginnt sie. »Ein Arschloch, das die Träume junger Menschen ausnützt und sie vor laufender Kamera quält, um sich einen runterzuholen.«

Averosa scheint nicht zu verstehen.

Er starrt Gloria an, mit diesen Augen im Gesicht aus Papier, aus den Geisterfarben seiner beschissenen, jämmerlichen Feigheit.

»Wiederhole jedes Wort«, sagt sie und zielt mit der Waffe auf seine Stirn.

Links und rechts von ihnen kleben die Kameras.

Averosa öffnet den Mund. »Ich bin ein Arschloch, das ...«

»Ein *selbstverliebtes* Arschloch!«, schreit Gloria.

»Ein selbstverliebtes Arschloch«, wiederholt Averosa. »Ich bin ein selbstverliebtes Arschloch, das die Träume der Menschen ausnützt und sie vor laufenden Kameras – und sie ...«

»Ich nütze die Träume *junger* Menschen aus«, korrigiert Gloria. »Ich quäle sie vor laufenden Kameras und hole mir dabei einen runter.«

Diesmal wiederholt Averosa Wort für Wort.

Gloria macht weiter. »Ich habe mich vor sieben Jahren mitschuldig gemacht am Tod von Chantal. Sie hat sich das Leben genommen. Man hat sie in der Badewanne gefunden, das war mir egal.«

Erneut wiederholt Averosa jedes Wort, und Gloria gibt ihm den letzten Satz: »Ich bitte alle Menschen um Verzeihung, die Chantal gekannt und geliebt haben. Ich verachte mich selbst und sterbe in Reue.«

»Ich bitte alle um Verzeihung, die Chantal gekannt und geliebt haben«, wiederholt Averosa. »Ich verachte mich selbst und – und ...«

Gloria wartet, aber er bringt es nicht über die Lippen.

Sie wiederholt: »Ich – sterbe – in – Reue.«

Averosa scheint den Kopf schütteln zu wollen, schafft aber auch das nicht mehr, und Gloria will es tun, will abdrücken.

Im selben Moment, warum auch immer, beginnt der Bühnenboden unter ihnen zu flackern; grün, weiß, dann wieder grün, als sei die Lichtregie außer Kontrolle geraten.

19

Noch fünf Minuten bis zum Eintreffen der Polizei, und im Regieraum schlägt der Chef mit der Hand auf den Tisch.

»Warum diese Effekte?«

Auf allen Bildschirmen ist es zu sehen: rote und blaue Lichtflächen, genau wie während des Songs von Jason aus Irland.

»Das versaut die Klarheit. Ich will hier absolute Bildschärfe! Wo ist Logetti? Logetti!«

Immer noch die Lichtflächen, immer noch rot und blau.

»Stopp!«, schreit der Regisseur. »Abstellen!«

Unten auf der Bühne – als sei das noch nicht genug – erscheinen jetzt zusätzlich Lichtpunkte; helle, diamantfarbene Punkte, die still auf Gloria und die Jurymitglieder herabregnen.

Mit offenem Mund betrachtet Averosa die Lichtspiele; als vergesse er für einen Moment, in welcher Lage er sich befindet, was geschehen ist. Und Gloria denkt, dass es ihr nicht möglich sein wird, ihn zu erschießen, es wirklich zu tun und dem Mann eine Kugel in den Kopf zu jagen.

Doch dann setzt sich Averosa in Bewegung. Tatsächlich. Es sieht so aus, als würde er nochmals versuchen, sich davonzumachen. Aber diesmal muss Gloria ihn nicht stoppen, denn diesmal dreht sich Britt Van Gaalen nach ihm um und packt ihn am Arm.

Es ist unklar, ob sie Averosa zurückhalten will, oder ob sie erwartet, dass er sie im Gegenteil mitnimmt, nach links zum Notausgang. Ob sie erwartet, dass er ihr mit ihrem verletzten Knie hilft.

In der Tat beginnt Averosa, sie abzustützen.

Gemeinsam entfernen sie sich vom Jurytisch. Gloria ruft ihre Namen.

Keine Reaktion.

Wie können sie nur denken, dass sie damit durchkommen? Gloria zielt auf Averosas Rücken und drückt ab.

Der Kerl macht noch einen Schritt, nachdem er getroffen ist, als wolle er die Kugel ignorieren. Dann beginnt er zu wanken, dreht sich herum; er wirkt verblüfft. Mit großen Augen schaut er zu Gloria und sinkt in die Knie; sein Mund steht offen.

»Ich – nicht …« Er keucht. »Erinnere nicht.«

Gloria geht zu ihm.

»Du erinnerst dich nicht an Chantal?«

Er scheint ein Nicken anzudeuten.

»Du hast sie fertig gemacht, du hast über sie gelacht und erinnerst dich nicht? Du hast meine Schwester *vergessen*?«

Diesmal kein Nicken, nur diese großen, fassungslosen Augen. Gloria drückt ab. Diesmal trifft sie ihn in die Brust. Er fällt rückwärts hin.

Britt Van Gaalen schreit auf. Neben ihr wird Kamera Nummer Zwei dynamisch hin und her bewegt: zwischen Van Gaalen und dem auf dem Rücken liegenden Averosa.

Unterdessen hämmert und brennt es im Inneren von Fabian Prinz. Er tut so verdammt weh, als stecke ein glühendes Stück Kohle in seinem linken Arm. Dort, wo die Kugel eingedrungen ist und den Knochen zertrümmert hat, ist alles voller Blut.

Verzweifelt versucht er sich zu erinnern. Sich zu erinnern an das Gesicht dieser Chantal, an die Gesangsstimme und vielleicht an andere Besonderheiten eines Mädchens dieses Namens.

Prinz ist fast sicher, dass er mindestens *zwei* Chantals erlebt hat. Ja, zwei. Beide sind früh ausgeschieden, wenn er nicht irrt, beide müssen also mittelmäßig oder schlecht gewesen sein. Mittelmäßig, denkt er, oder schlecht.

Averosa liegt immer noch auf dem Rücken, seine Beine zucken. Und Van Gaalen? Sie macht weiterhin Geräusche, aber jetzt ist es eine Art Heulen, fast wie ein Hund. Prinz nimmt es nur am Rande wahr. Der elende Schmerz!

Selbstmord, denkt er. Wer immer diese Chantal gewesen ist, nach der Show muss sie Selbstmord begangen haben.

Selbstmord, denkt er. Das gab es, das passt doch zu dieser Geschichte damals, die Geschichte, die das Studio als Unfall hingestellt hat. Das war vor etwa sieben oder acht Jahren, nicht wahr?

Überdosis, denkt er, Badewanne.

»Zurück an den Tisch«, sagt Gloria.

Doch Van Gaalen kann ihren Blick, wie es scheint, nicht von Averosa lösen, kann sich nicht von der Stelle rühren.

Averosa liegt jetzt da wie im Schlaf, den Kopf seitwärts abgedreht. Aber vielleicht blickt Van Gaalen gar nicht auf die Leiche, sondern auf die Lichtpunkte, die weiterhin still, schwerelos über den Boden gleiten.

Auch Gloria schaut auf die Lichtpunkte und wünscht sich für einen Moment, dass das alles nicht wirklich ist, dass sie nicht wirklich auf einen Menschen geschossen, einen Menschen getötet hat.

Dann erhebt sich Fabian Prinz zum zweiten Mal von seinem Stuhl. Der von der Kugel durchlöcherte Ärmel seines Nadelstreifenanzugs glänzt dunkelrot vom Blut. Die rechte Hand drückt er fest, verkrampft auf die Wunde.

»Ich erinnere mich an Chantal«, sagt er. Seine Stimme zittert zwar leicht, wirkt aber trotzdem sicher, entschlossen. »Man hat sie leblos in einem Hotel gefunden. In der Badewanne.«

Der Satz trifft Gloria wie eine Ohrfeige.

»Was hast du gesagt?« Die Kraft entweicht aus ihrem Arm, so dass sie die Waffe ein paar Sekunden lang sinken lässt.

Auf dem Jurytisch erblickt sie wieder den Glaskrug mit dem Mineralwasser, mit dem wunderbar frischen, klaren Wasser.

»Die Badewanne.« Prinz starrt sie an, mit glänzenden, dunkelblauen Augen. »Deine Schwester ist in der Badewanne gestorben.«

»Du erinnerst dich«, erwidert Gloria.

»Ich erinnere mich«, sagt Fabian Prinz.

Wie glitzernde Schneeflocken gleiten die Lichtpunkte an seinem Gesicht herabsinken zwischen ihnen zu Boden.

«Du weißt, wer sie gewesen ist? Du weißt, was ihr Chantal angetan habt?«

Prinz beginnt zu grinsen, oder nein. Es scheint, dass er die Hand an seinem Arm lockern muss. Es scheint, dass er starke Schmerzen hat, die sein Gesicht verzerren.

»Lass Van Gaalen gehen«, sagt er. »Sie versteht sowieso nicht, worum es geht.«

Van Gaalen zeigt keine Reaktion; eine kleine, alte Frau, die immer noch wimmert und winselt.

»Hallo, Britt!«, ruft Prinz. »Geh nach Hause zu deinem Gasfabrikanten. Lass dich für die vielen Millionen wenigstens richtig ficken!«

Van Gaalen reagiert nicht.

»Die Show ist krank!«, ruft Prinz. »Die Show ist krank und macht alle krank. Gib es zu und verschwinde!«

Noch drei Minuten bis zum Eintreffen der Polizei, und viele Zuschauer, Millionen von Menschen in insgesamt dreiundzwanzig Ländern, sind gebannt von den Ereignissen und zugleich abgestoßen.

Genauer gesagt sind sie gebannt und erregt von der Gewalt, die ihnen geboten wird, wie es sich für gute Medienkonsumenten gehört, und zugleich sind sie abgestoßen von eben dieser Tatsache. Es sind gute, treue Medienkonsumenten wie Mary in England, Luigi in Italien oder Rosaria in Spanien. Medienkonsumenten wie Diamanti in Deutschland oder wie die Leute im »Sixty Nine« in der Schweiz.

20

»Die Badewanne«, sagt Prinz. »Ich erinnere mich.«

»Du erinnerst dich woran?«

»Die Geschichte.« Prinz hält immer noch seinen stark blutenden Arm. »Die Badewanne hat im Studio niemanden interessiert. Der Tod von Chantal wurde als private Tragödie abgetan, ohne Zusammenhang zur Show. Um die Show zu schützen. Du hast recht, meine Liebe. Du hast mit allem recht, was du gesagt hast.«

»Mit allem?«

»Ja.«

»Erinnerst du dich an ihr Gesicht?«

Drüber scheint Prinz keine Sekunde nachdenken zu müssen. »Ich erinnere mich nie an die Mädchen.«

Gloria fühlt die alte Wut zurückkehren. »Aber du hast sie vergewaltigt? Du vergewaltigst alle Mädchen, die dir über den Weg laufen, und schmeißt sie nachher weg, ist es nicht so?«

Nun blickt er ihr direkt in die Augen, ohne die Pistole zu beachten, als sei sie gar nicht mehr vorhanden.

»Ich habe die Mädchen vergewaltigt«, erwidert er. »Wir alle haben das. Und ich bin das größte Schwein. Ich bin schon länger ein Schwein, als du auf der Welt bist, meine Liebe. Du hast keine Ahnung.«

»Keine Ahnung?«

Er nickt.

»Du hast recht mit allem, was du sagst, aber du weißt trotzdem nicht, wovon du sprichst. Ganz und gar nicht.«

Für den Bruchteil einer Sekunde ist da der Wunsch, diesen Kopf nur noch getroffen zu sehen von der Kugel, zu sehen, wie er aufplatzt, damit der Kerl endlich tot ist.

Doch Gloria schafft es, sich zu beherrschen. Vielleicht auch deshalb, weil in diesem Moment, von der Bühnenmitte her, Robert mit dem Schlagstock zu ihnen eilt.

Gloria ist entgangen, dass Leute aus dem Publikum – drei Männer – erneut versuchen, nach vorne zu gelangen. Offensichtlich wieder ein paar Helden, die das Ganze beenden wollen.

Diesmal läuft Robert den Männern entgegen. Er reißt den Schlagstock hoch und deckt die Männer ein mit Hieben auf die Schulter und in den Magen; bei einem der Typen – ziemlich muskulös – voll ins Gesicht.

Gloria und Prinz schauen zu, ebenso Kamera Vier, die an der Prügelszene dranbleibt, bis die drei Helden sich am Boden winden.

Zu diesem Zeitpunkt kommen endlich die herabregnenden Lichtpunkte zum Stillstand und erlöschen. Jetzt blinkt nur noch der Bühnenboden vorne; ein einsames, pulsierendes Grün.

»Du hast keine Ahnung, wovon du redest«, wiederholt Prinz.

»Ist das so?«

»Du hast keine Ahnung, was diese Show wirklich ist, warum sie deine Schwester getötet hat.«

»Chantal! Ihr Name ist *Chantal!* Du sollst ihren Namen sagen!«

Erst jetzt fällt ihr auf, wieviel Blut von Prinz bereits auf den Tisch getropft ist, neben den Wasserkrug; dicke, dunkelrote

Kleckse. Fast die ganze linke Hälfte seines Anzugs ist blutgetränkt.

Er stirbt, denkt Gloria. Er zeigt es nicht, aber er stirbt.

Prinz, als könne er ihre Gedanken lesen: »Die Zeit läuft ab, Kleine. Sag mir, was ich sagen soll, und ich wiederhole es.«

»Es ist dir egal, dass du stirbst?«

»Alles Show. Nimmt niemand ernst.« Wieder verzerrt sich sein Gesicht, diesmal so stark, dass es aussieht, als würde er versuchen, Grimassen zu schneiden. Er wirft einen Blick nach links, zur Hallenmitte.

Dort steht immer noch Van Gaalen, oder nein: sie humpelt in Richtung Publikum, wahrscheinlich in der Hoffnung, dort sicher zu sein.

Ohne sie weiter zu beachten tritt Gloria näher an den Jurytisch heran. »Ich zähle jetzt bis drei, und wenn du nicht die Wahrheit sagst, kannst du es Gott erzählen.«

»Es gibt keinen Gott.«

Gloria beginnt: »Eins, zwei …«

»Was?«, ruft Prinz. »Was für eine verdammte *Wahrheit* willst du hören?«

»Über die Show. Du sagst mir, was diese Show wirklich ist, warum sie Chantal getötet hat.«

Er scheint überrascht. »Ach so.«

Gloria wartet.

»Die Show ist das beste Hurenhaus seit Erfindung der Menschen und ihrer Handelsbeziehungen,« erklärt Prinz. »Alle sind käuflich und alle sind am Arsch. Alle sind Konsumenten und alle sind das Produkt. Du wirst vergewaltigt und kannst vögeln, du wirst gefressen und kannst fressen.«

»Unsinn«, unterbricht Gloria. »Leute wie du sind doch das Problem. Du machst die Menschen kaputt. *Du* bist die Show.«

Prinz keucht. »Schön wäre es. Schön wäre es, wenn ich so viel Macht hätte. Keiner hat so viel Macht.«

»Lügner.«

»Alle wollen konsumieren, aber nicht konsumiert werden! Verstehst du nicht?«

»Und Chantal?«, Gloria zielt auf seinen Kopf. »War Chantal auch nur so eine Konsumentin?«

»Keine Ahnung.«

»Aber du hast sie vergewaltigt?«

»Sicher, gehört dazu.«

»Ist das jetzt die Wahrheit?«

»Ja, verdammt, im Fernsehen ist alles wahr! Alles, was ich sage, ist wahr!« Er spuckt auf den Tisch, schmutzig rot. »Na los! Schieß mir ins Hirn, tu es, und du wirst sehen: der Magen der Show kann es ertragen. Kein Zuschauer nimmt dich ernst, kein Zuschauer nimmt sich selber ernst. Wir sind alle ein beschissenes Stück Marketing!«

Glorias Hand zittert.

»Das ist nicht *unsere* Show, kapierst du!? Sie gehört der Welt. Plastikträume, Plastikschwänze, Plastikmuschis. Echte Menschen gibt es nicht mehr. Schon lange nicht mehr!«

Noch fünfundfünfzig Sekunden bis zum Eintreffen der Polizei, und im Regieraum hört man diese Sätze, die der Präsident der Jury von sich gibt, aber niemand glaubt im Grunde, was er gerade hört, was er die ganze Zeit schon hört und sieht.

»Sicher erschießt sie ihn gleich«, meint der Regisseur.

Er sagt es sehr ruhig, irgendwie beiläufig, wobei unklar bleibt, ob er damit eine Befürchtung oder eine Hoffnung ausdrückt.

»Du feiges Schwein«, sagt Gloria. »Du vergewaltigst diese Mädchen und machst dafür die Welt verantwortlich.«

Prinz lässt die rechte Hand sinken; er sieht blass aus, sehr blass.

»Schon gut«, murmelt er und setzt sich in den Sessel. »Hast recht.«

Gloria gibt nicht auf. »Sag es lauter!«

»Ich hab deine Schwester kaputt gemacht.«

»Chantal, der Name ist *Chantal!*«

»Chantal«, wiederholt er. »Ich habe Chantal kaputt gemacht. Vergewaltigt, weggeworfen.«

»Und jetzt wiederhole: Ich bin der größte Abschaum. Weil ich nichts wert bin und von der Welt nichts halte, sorge ich dafür, dass sich andere Menschen auch so fühlen.«

In Prinz' Augen ist nur noch ein matter Glanz zu sehen. Er wiederholt Satz für Satz. Am Schluss fügte er hinzu: »Das macht mir alles großen Spaß.«

Gloria fährt fort: »Mein Herz ist so verfault, dass ich mir nicht vorstellen kann, was ich anderen antue. Ich verstehe nicht, was ich kaputt mache. Ich mache es nur kaputt.«

»Alles klar«, sagt Prinz und wiederholt.

»Ich sterbe wie ein angeschossenes Tier«, sagt Gloria.

»Angeschossenes Tier«, wiederholt Prinz. Und dann: »Sorry. Gibt es nicht, solche Menschen, die ich kaputt mache. Alles Plastik.«

Gloria zielte auf seine Beine und drückt ab.

Weil er ziemlich gerade da sitzt und die Kugel den Oberschenkel trifft und den Knochen durchschlägt, springt Prinz hoch; so hoch, als würde ihn der Sessel selber irgendwie emporschleudern. Gloria richtet die Waffe auf seinen Kopf.

Draußen auf dem Studiogelände kommen drei Polizeiwagen zum Stehen. Die Türen öffnen sich, und die Beamten der Spezialeinheit schwärmen aus, mit Helm, Kampfstiefel und Schutzanzug.

Während Gloria auf die gewellten Haare zielt, kippt Fabian Prinz, getroffen am Oberschenkel, nach vorne.

Er versucht, sich am Tisch festzuhalten und stößt dabei den Wasserkrug über den Rand. Perfekt eingefangen von Kamera Drei, zerschellt der Krug neben Glorias Füßen und übergießt den Plexiglasboden mit hellblauem Glitzern.

Auf der Stirn von Fabian Prinz klebt eine Locke; wie ein fettes, schwarzes Komma.

»Arschlöcher!«, ruft er in Richtung von Kamera Vier. »Ihr klatscht, wenn wir Leute fertigmachen! Ihr holt euch einen runter, wenn wir wichsen. Debile Saubande!«

Gloria hört hinten im Publikum Geräusche, vielleicht Roberts Stimme. Sie fühlt das Gewicht der Waffe. Sie hört das Keuchen. Und dann der letzte Knall. Der Donnerschlag, der den Himmel von Fabian Prinz in Stücke reißt und in verschiedene Richtungen regnen lässt.

21

Die letzten Bilder des Finales 2021 bleiben – nach der Liveübertragung in München – unter Verschluss des Senders. Zensiert werden insbesondere jene Szenen, in denen Menschen verletzt werden, inklusive der Szenen, in denen die Polizei Robert zusammenschlägt und zwei Beamte sich auf Gloria stürzen.

Trotzdem tauchen natürlich auf Plattformen wie YouTube oder WhatsApp Clips auf, in denen sowohl die Schüsse auf James Averosa wie auch die Hinrichtung von Fabian Prinz in voller Länge zu sehen sind. Bereitgestellt von Studiozuschauern, die mit den Handys mitgefilmt haben, sind diese Clips – gemessen an den Umständen – von erstaunlicher Qualität und werden millionenfach konsumiert.

Glorias Geschichte setzt in den ersten Wochen unzählige Sonderbeiträge in Gang. In mehreren Ländern gibt es Reportagen, Kommentare und Interviews mit Augenzeugen.

Liberale wie konservative Politiker und Fachleute, atheistische wie religiöse Opinion-Leader erheben ihre Stimme gegen die »Kommerzialisierung des Menschen«. Sie protestieren gegen eine »Hochglanz-Prostitution der Seele«. Dabei bleibt allerdings unklar, ob damit nur das Showgeschäft gemeint ist oder ob man eine allgemeine Tendenz der Zeit kritisiert. Jedenfalls lassen sich die teils hervorragend artikulierten und in Szene gesetzten Statements und Medienbeiträge bestens verwerten.

Damit erreicht nicht nur das *Eurostar*-Finale 2021, sondern auch das darauffolgende Echo mehr Zuschauer als jede bisherige Show in der Geschichte des europäischen Fernsehens.

Und was sagen im Nachgang der Ereignisse eigentlich jene, die an dem Abend live dabei gewesen sind und mitgelitten haben? Was sagen Kameramänner und Regisseur? Was sagt der bekannte Moderator, dessen gebrochene Nase nie mehr so wohlgeformt sein wird wie vor der fatalen Stunde?

Gerade der Moderator erzählt vieles, und viele hören ihm zu, aber man vergisst seine Worte gleich wieder. Anders ist es beim Regisseur und seinem Team: diese nimmt man ein wenig ernster. Ja, denn sie wissen durchaus dramatisch zu berichten von den Minuten im Regieraum. In allen Einzelheiten schildern sie den brutalen Sog der Ereignisse, dem sie offenbar nur haben standhalten können mit dem Mut des Augenblicks, mit den Stahlseilen ihrer lebensrettenden Nerven.

»Es war die Hölle«, bringt es der Regisseur im Interview mit einem internationalen Magazin auf den Punkt. »Aber wir haben es geschafft, wir haben überlebt.«

Auch die Kameramänner schweben in vergleichbaren Höhenlagen des Heroischen, wenn sie der Welt mitteilen, dass es während der Horrorminuten von Glorias Racheakt viele, unendlich viele Sekunden gegeben habe, in denen sie hätten fliehen wollen, mitsamt der Angst, Frau und Kinder zu verlieren und alle ihre Liebsten nie mehr wiederzusehen – eine unbeschreibliche, grauenhafte Angst, gebremst und eingedämmt allein von den Grundpfeilern ihres Pflichtbewusstseins.

Und was ist mit der Grande Dame der Jury? Was ist mit der am Knie verletzten Britt Van Gaalen, die als einzige der direkt Gefährdeten den Abend überlebt hat? Will sie nichts dazu sagen?

In den ersten Wochen nach der Show scheint es so, als wolle Britt Van Gaalen schweigen. Sie verbringt einige Zeit in Russland, in einer Privatklinik, an der ihr Milliardärsgatte beteiligt ist. Ein vergleichsweise modernes Krankenhaus, aus dem dann doch bald Interviews gesendet werden. Es folgen Berichte über die Genesung der ehemaligen Miss Universum, dann Reportagen über Besuche von Van Gaalens Kindern und von befreundeten Promis aus aller Welt.

Als sie doch wieder beginnt, sich öffentlich zu äußern, spricht Britt Van Gaalen viel über den Wert der Familie und nur wenig über den Abend des Schreckens. Fragen in diese Richtung, die Journalisten natürlich stellen müssen, werden mit jener wohlerzogenen Noblesse übergangen, wie man es von einer Dame ihres Kalibers erwarten darf.

Im Nachgang der Ereignisse wird natürlich auch über die tote Frau namens Chantal berichtet, über die Show aus dem Jahr 2013.

Der Schweizer Ort Rorschach, wie viele Fernsehzuschauer jetzt erfahren, ist eine nette kleine Stadt am Bodensee. Eine nette kleine Stadt, in der nun viele Wochen lang internationale Medienteams umherschwirren. Man sucht Bilder, Häuser, Stimmen und Stimmungen. Man sucht Spuren aller Art, um sie zu illustrieren und wieder zum Leben zu erwecken: die einmalige, gleichsam traurige wie anrührende, schöne wie schreckliche Geschichte von Chantal und Gloria.

Ins Visier der Medien gerät in diesem Zusammenhang auch der Klub »Sixty Nine«. Insbesondere die Rocker und

Bardamen, die in der Gegend anzutreffen sind, machen Bekanntschaft mit der Gier der Rechercheure und dem Hunger ihrer Kameras, in gleichem Maße aber auch mit der finanziellen Großzügigkeit professioneller Medienleute.

In einigen Reportagen kommt eine sich ziemlich direkt ausdrückende Dame namens Michelle zu Wort, ebenso eine sogenannte Cheryl und ein großer Kerl namens Bobby, offenbar der Koch. Sie alle berichten von Chantal, wobei die Damen dazu weinen, während sie in Erinnerungen schwelgen.

»Chantal und Gloria sind für immer in meinem Herzen«, sagt Bobby der Bär.

In zwei weiteren Dokumentationen, eine sogar für das amerikanische Fernsehen, ist der Klubbesitzer Blacky zu sehen. Beeindruckend besonders die Szene, in der Blacky draußen vor dem »Sixty Nine« steht, die muskulösen Arme verschränkt, neben sich – im Blitzen der Sonne – die schwarzsilberne Harley.

Trotz solcher Auftritte, trotz polizeilicher und staatsanwaltschaftlicher Ermittlungen kann dem Klub keine direkte Verbindung zu den Taten Glorias nachgewiesen werden. Vielmehr enden die Spuren des Klubs in den üblichen Sackgassen der Drogenkuriere, Waffenschiebereien und Sexzimmern, während sich konkrete, belastende Hinweise oder Zeugenaussagen um so schneller zu verflüchtigen scheinen, je näher man ihnen kommt.

Das einzige handfeste Glied in der ansonsten nicht nachweisbaren Kette zwischen Chantal, Gloria, dem Klub und seinem Besitzer Blacky bleibt dieser andere Mann. Der Mann namens Robert, der Gloria im Studio geholfen und mit seinem Schlagstock für einige der besten Szenen gesorgt hat. Robert, der nun ebenfalls im Gefängnis sitzt, angeklagt wegen Beihilfe zum Mord.

Aber Robert, der Gefängnisaufenthalte gewohnt ist, hält dicht. Er behauptet, »in eigener Verantwortung« gehandelt zu haben, um Gloria zu helfen, er allein und niemand sonst. Robert betont, dass er es jederzeit wieder tun würde, damit auch sicher alle »in der Hölle schmoren«, die verantwortlich seien für Chantals Tod. Dies ist Roberts Aussage im ersten Verhör, und sie bleibt unverändert bis zur Gerichtsverhandlung ein knappes halbes Jahr später.

»Eine Tragödie von griechischem Ausmaß,« fasst eine meinungsführende Tageszeitung die Angelegenheit zusammen. »Noch nie hat Rache ein so menschliches, erschütterndes Gesicht gezeigt.«

22

Ohne dass es den allermeisten Zuschauern und Lesern bewusst ist – übrigens auch nicht den allermeisten Berichterstattern –, gehen viele Sendungen, Kommentare und Analysen, die in diesen Wochen die Öffentlichkeit rund um Gloria bewegen, auf eine Grundstimmung zurück, die keinesfalls zufällig ist. Genauer gesagt: Die Stimmung verdankt sich teilweise durchaus dem Zufall, den unergründlichen Tiefenströmungen einer freien, chaotischen Gesellschaft mit freien Medien, andererseits jedoch der gezielten Anstrengung eines bestimmten Mannes.

Dieser Mann heißt Diamanti. Ein Profi, der über ein internationales Mediennetzwerk verfügt. Bereits einen Tag nach dem tragischen *Eurostar*-Abend beginnt er damit, seine Kontakte spielen zu lassen, um der journalistischen Redlichkeit und Sachgerechtigkeit in dieser Angelegenheit zum Durchbruch zu verhelfen.

Glorias Taten, so sehr man sie als zivilisierter Mensch natürlich ablehnen muss, sollen mit dem nötigen Verständnis für den »biographischen Hintergrund« der jungen Frau beurteilt werden. Immerhin ist Gloria erst zwanzig Jahre alt. Offensichtlich ein zutiefst traumatisiertes Mädchen.

Zuerst will Diamanti die Stimmung auf Ebene der immer etwas diffusen, öffentlichen Meinung beeinflussen, mittels Informationen vor allem über Glorias herzzerreißende Familientragödie. Dann geht es um vertiefte Vermittlungsarbeit in den wichtigen europäischen Redaktionen, welche die restlichen Meinungsmacher beeinflussen.

Diamanti kümmert sich aber nicht nur um Glorias Ruf, sondern nimmt auch Kontakt mit ihrem Freund und Hintergrundhelfer Sandro auf. Diesem ist es bisher irgendwie gelungen, dem um sich greifenden Licht der Ermittlungen auszuweichen und im Klub versteckt zu bleiben.

Diamanti kann Sandro davon überzeugen, dass er nicht das geringste Interesse daran hat, ihn zu verraten. Nein, Diamanti erhofft sich von ihm im Gegenteil Hilfe, denn er will Blacky, dem Chef des Motorradklubs, eine wichtige Botschaft zukommen lassen.

Ein direkter Kontakt zwischen Diamanti und Blacky kommt aus offensichtlichen Gründen nicht infrage. Für Diamanti ist wichtig, dass Blacky etwas Entscheidendes kapiert. Oder besser: Für Diamanti ist es jetzt von größter Bedeutung, dass alle Leute im Klub etwas kapieren. Sie sollen kapieren, dass sie unbedingt versuchen müssen, die Massenmedien auf ihre Seite zu ziehen, wenn sie erreichen wollen, dass Gloria nicht zu viele Jahre im Gefängnis verbüßen muss.

Es kommt in modernen Gesellschaften nämlich nicht selten vor, dass Gerichtsurteile nicht nur im Gericht vorbereitet und gefällt werden, sondern im Grunde bereits in den Redaktionen, oder genauer gesagt in den Köpfen einer breiteren Öffentlichkeit. Deswegen muss der Klub, wie Diamanti meint, darum bemüht sein, den Medien möglichst offen und freundlich zu begegnen, um in möglichst vielen Beiträgen die öffentliche Wahrnehmung des Falls zu beeinflussen.

Soviel Diamanti in den ersten Wochen sehen kann, zeigt der Appell Wirkung; Der Klub präsentiert sich medienfreundlich, und die Berichterstattung, am Anfang relativ neutral, wird immer wohlwollender.

Über Monate werden Sonderbeiträge und Talkshows produziert, in denen vermeintliche oder tatsächliche Kenner der Motorradklub-Szene auftreten, um Zusammenhänge zu erläutern zwischen der »subtilen Gewalt« und Hierarchie im Showbusiness und der »direkten Gewalt« und Hierarchie in einem Rockerklub.

Man lässt Feministinnen und Beauftragte für Gender Studies die männlich beherrschte Wechselwirkung zwischen Motorrädern, Schusswaffen und dem Musikgeschäft diskutieren. Man lässt Lesben und Schwule mit Heterosexuellen über den Anteil von Lesben, Schwulen und Heterosexuellen im Fernsehgeschäft sowie in Rockerklubs streiten. Man lässt Tiefenpsychologen die Dunkelheit von Glorias Trauma beleuchten, um diese mit der Seele der aktuellen Epoche zu vergleichen, der allgemeinen »Casting-Gesellschaft«, wie es ein Professor für Soziologie ausdrückt.

Es werden Fragen debattiert zur Zurechnungsfähigkeit von Menschen wie Gloria. Fragen zur Psychologie von Vollwaisen. Fragen zum Sexismus der Massenmedien und seiner Wirkung auf die heutige Jugend.

Und schließlich werden, kurz vor Prozessbeginn, Fragen diskutiert wie: Ist Rache immer verwerflich? Ist Gloria eine feministische Kämpferin? Hätte sie als Lesbe anders gehandelt? Sind Schwule barmherziger? Werden Barmherzigkeit und Hingabe nicht sowieso nur von Frauen erwartet? Ist die Forderung nach Barmherzigkeit nicht eigentlich ein Instrument der Männer, um Frauen niederzuhalten? Hat die Männergesellschaft nicht längst mehrere Glorias verdient?

Auf der Höhe dieser Diskussion, als Diamantis Erwartungen theoretisch gar nicht mehr übertroffen werden können, werden diese dennoch übertroffen. Denn es meldet sich der internationale Starautor Johannes Maria Clausen zu Wort.

Diamanti hat ja schon einmal die Ehre eines Treffens mit diesem Thriller-Genie gehabt. Damals haben sie unter vier Augen über die Werbekampagne zu Clausens neuem Thriller gesprochen. Nun stellt sich heraus, dass Clausen sich nur noch für Gloria interessiert.

Anscheinend hat er über Wochen alles mitverfolgt und gesammelt, was in den Medien zum Fall erschienen ist. Denn in seinem Kopf brodelt seit einer Weile die Idee, einen neuen Thriller im Milieu der Castingshows zu schreiben, einen »Rachethriller mit Ausrufezeichen«, wie Clausen es formuliert.

Glorias Story stellt für sein Projekt die perfekte Grundlage dar. Eine Geschichte, die alles enthält, wovon eine weltweite Bestseller-Leserschaft träumt: schöne, vergewaltigte Frauen, schöne, unter dem Rock versteckte Waffen. Grausame, vor aller Welt durchgeführte Todesszenen.

Clausen ist begeistert.

Es gibt bereits Verträge mit dem Verlag, dazu Optionen auf die Filmrechte für jenes amerikanische Studio, das bereits Clausens letzte Beststeller verfilmt hat: »Blutbad im Bordell« und »Die Bestie trug Pink«.

Die Ankündigung, dass der Fall Gloria zu einem neuen Clausen-Thriller verarbeitet werden wird, verfehlt nicht ihre Wirkung, weder beim Publikum noch beim Gericht in München, in dem am Ende ja auch nur Menschen und sogar Leser von Thrillern beschäftigt sind.

Einige Wochen nach Beginn des Gerichtsprozesses, der insgesamt etwas über acht Monate in Anspruch nimmt – inklusive der Einvernahme von knapp dreißig Zeugen und fast noch einmal so vieler Fachleute –, erscheint in einem kleinen

Schweizer Verlag eine rasch zusammengeschusterte Biographie von Gloria und Chantal, die sich im Windschatten des Medienhypes nicht schlecht verkauft.

Etwa fünf Monate nach Beginn des Prozesses kommt eine länger geplante Biographie zum ehemaligen Popstar und Jurypräsidenten Fabian Prinz auf den Markt. Dieses Werk, lanciert in sechzehn Sprachen, ist versehen mit einem tränenreichen Vorwort der aktuellen Jurypräsidentin von *Eurostar*, Britt Van Gaalen. Wobei die darauffolgenden 700 Seiten auch dunkle Seiten des tragisch verstorbenen Popgenies enthüllen, leserfreundlich, mit viel Bildmaterial.

23

Nicht nur für die Fachleute, Richter oder Beobachter des Falls, sondern auch für die Frauen im Gefängnis bleibt es unklar, was Gloria selbst vom öffentlichen Rummel mitbekommt. Keiner weiß, wie sehr ihr das internationale Medientheater um ihre Person überhaupt bewusst ist.

Mit ihrer stillen, verschlossenen Blässe bleibt Gloria für die meisten Menschen, die sie kennenlernen, ein Buch mit sieben Siegeln. Oder besser: ein Buch mit Fragezeichen in der Schwebe zwischen Mitleid, Anteilnahme und Fassungslosigkeit.

Manchmal denken die Wärterinnen bei Glorias Anblick, dass dieses Mädchen, das im Gerichtssaal auftritt oder später mit den anderen Insassen in der Gefängniskantine sitzt, nichts zu tun haben kann mit der bewaffneten Person aus der TV-Aufzeichnung von München.

In Wahrheit ist es nicht so, dass Gloria den Rummel um ihre Geschichte ignoriert. Sie liest zumindest die Berichte jener Zeitungen, die in der Haftanstalt zu bekommen sind, und verfolgt die Sendungen, die sie mit dem Fernsehgerät in der Zelle empfangen kann.

Die Miete fürs Gerät, das die Anstaltsleitung monatlich verrechnet, muss Gloria nicht zahlen; das erledigen externe Unterstützer, die ebenfalls um einen guten Anwalt besorgt sind und ihr regelmäßig Bargeld schicken – ohne dass Gloria jemals erfährt, wie viele Unterstützer sie eigentlich hat, wie ihre Namen lauten oder was diese Leute sonst noch für sie organisieren.

Aber das alles kümmert Gloria nicht. Und eigentlich spielt für sie auch der Gerichtsprozess keine große Rolle. Nicht weil sie davon enttäuscht wäre oder etwas anderes erwartet hätte, sondern weil sie denkt, dass es wirklich keinen Unterschied macht.

Das sagt sie auch dem Gefängnisseelsorger, dem sie nach einigen Wochen des Drängens erlaubt, sie zu besuchen, für ein »pastorales Gespräch«.

Der junge Geistliche – bestimmt unter Dreißig – mit der schwarzen Kleidung und dem weißen Römerkragen wirkt harmlos, sogar liebenswürdig.

Gloria teilt ihm mit, dass sie dem Urteil des Gerichtes ohne besonderes Interesse entgegensieht, dass sie im Gefängnis bleiben wird, solange es sein muss, weil es draußen auch nicht besser ist.

»Nein?«

Gloria schüttelt den Kopf. »Macht keinen Unterschied. Alles egal.«

»Alles?«

»Alles außer Chantal.«

Hier wittert der Priester seine Chance. Er redet nicht lange um den heißen Brei herum: »Glaubst du, dass du Chantal wiedersehen wirst? Glaubst du an ein Leben nach dem Tod?«

Gloria hat keine Ahnung, was sie dazu sagen soll. Verneinen kann sie die Frage nicht, da niemand wissen kann, was nach dem Tod kommt. Bejahen kann sie die Frage natürlich auch nicht, also schüttelt Gloria den Kopf. Ihre Mutter hat sie früher ab und zu in die Kirche geschleppt, in Rorschach, aber das ist lange her.

»Nichts geht verloren in der Liebe Gottes«, meint der Geistliche.

»Welche Liebe?«

»Ich verstehe«, nickt der Geistliche, so, als würde er wirklich verstehen. Als könne er sich die Welt vorstellen, in der Gloria gelebt hat, damals als Kind, damals vor der Show. Und die Welt, in der sie gelebt hat seit der Show. Als könne der Geistliche spüren, was in Gloria vorgeht, wie es tief in ihrem Inneren aussieht.

In seinen Augen liegt ein Glanz, an den Gloria später noch einige Male denken muss. Ein Glanz, der den Mann plötzlich älter, erfahrener aussehen lässt. Nicht so, als wäre das alles besonders toll, sondern eher so, als wäre es eine Last.

Seit dieser Begegnung denkt Gloria öfters an den Tod. Vor allem in den Minuten der Stille in ihrer Zelle, in denen der Schlaf nicht kommen will. Sie denkt an den Tod und nimmt sich vor, nicht mehr mit dem Geistlichen zu sprechen. Nein, es hat keinen Sinn. Diese alten, schweren Augen. Was soll Gloria damit anfangen? Wie könnte sie dem Priester klarmachen, dass sie nicht mehr reden mag, nicht mit ihm und nicht mit seiner Kirche? Dass sie an keine Religion glaubt, aber dass sie weiß, dass sie Chantal noch einmal treffen wird, ja, ein letztes Mal. Und dass das alles ist, was zählt. Dass sie darüber mit niemanden sprechen muss, mit niemandem sprechen will.

Sie wird Chantal wiedersehen: schon vor Wochen, nach Beginn des Gerichtsverfahrens, war sie davon überzegt.

Gloria hat im Gerichtssaal auf einmal einen besonderen, ihr vertrauten Geruch wahrgenommen – genau wie damals der Duft von Chantals Sonnencreme.

Gloria hat sich im Gerichtssaal umgesehen, während vorne neben dem Richter, auf einem altmodischen Holzstuhl, eine Zeugin gerade dabei war, etwas zum Thema »posttraumatische Erfahrung« zu erzählen. Diese Zeugin machte relativ schnelle Bewegungen mit dem Mund, wenn sie sprach, doch Gloria hörte sie nicht, das heißt: zuerst hat sie schon etwas gehört, irgendwelche Worte. Aber sie hat nichts verstanden. Dann ist die Stimme ganz verschwunden, der Mund der Zeugin hat sich stumm weiterbewegt. Und als Gloria kurz die Augen geschlossen hat, konnte sie anstelle der Zeugin plötzlich Chantal hören.

Chantals leise, aus der Ferne herübergewehte Stimme. Die Stimme, die ihr mitteilte, dass sie »bald kommen« werde, in der Nacht, wenn niemand etwas davon mitbekäme.

Nun wartet Gloria also auf Chantals Besuch. Sie weiß, dass es nicht mehr lange dauern wird. Sie wartet ruhig und geduldig. Am wohlsten fühlt sich Gloria in ihrer Zelle, wenn niemand sonst stört, wenn die Gefängniskorridore draußen von den Anderen durchschritten oder durchplappert werden. Oder wenn sich die Welt, nach Sonnenuntergang, von der Nacht betäuben lässt, wenn sich die dunkelgraue Verlassenheit des Schlafs in allen Räumen ausbreitet, die Verlassenheit, die Chantal braucht, um unbemerkt hereinzukommen.

Manchmal denkt Gloria an ihren Verteidiger, den Anwalt, den Freunde und Unterstützer – draußen in der Welt – ihr besorgt haben. Den Anwalt, der ein gepflegter, sehr freundlicher Herr ist. Vor Gericht plädiert er mit klugen Worten und Argumenten auf »Totschlag«, die Anklage hingegen bezeichnet Glorias Tat mit ebenso klugen Worten und Argumenten als »eiskalt geplanten, vorsätzlichen Mord«. Je nachdem macht es wohl den Unterschied zwischen lebenslänglich und sechs bis acht Jahren.

Aber warum soll Gloria sich damit beschäftigen? Gewiss, manchmal kann sie nicht schlafen und wird überwältigt von einer düsteren Stimmung. Dann hat sie Alpträume. In einem dieser Träume sieht sie, am Boden in der Zelle, plötzlich das Zucken von James Averosas Beinen; oder sie hört, dicht am Ohr, das sterbende Keuchen von Fabian Prinz.

Einmal irrt Gloria durch die Gänge und landet in einem großen, abgedunkelten Raum. Es ertönen Schüsse, und sie merkt, dass *sie* es ist, die mit der Walther PPS losgefeuert hat. Gloria sieht das Blut auf dem Nadelstreifenanzug und hört die Stimme.

Fabian Prinz, vor ihr kniend, mit schwarzen Augen, mitten im Blut, das über sein Gesicht läuft, in stillen, feinen Verästelungen.

Gloria drückt ab, feuert immer wieder. »Du weißt es«, gurgeln die blutigen, Bläschen werfenden Lippen. »Die Show ist nie tot. *Nie tot.*«

Als Gloria – an einem Dienstagabend – in ihrer Zelle fernschaut, entdeckt sie auf einem Kanal einen älteren Film mit dem Titel »Gloria«, von einem Mann namens John Cassavetes, mit einer großartigen Hauptdarstellerin.

Es ist der Film, den Chantal damals mit Mauro im Kino gesehen und der sie beeindruckt hat. So sehr, dass sie die Kleine in Gloria umgetauft haben und dafür gesorgt haben, dass im »Sixty Nine« alle nur noch Gloria zu ihr sagen.

Gloria muss, allein in ihrer Zelle, weinen, so gut gefällt ihr der Film und so sehr trifft sie die Vorstellung, wie Chantal ihn damals gesehen hat. So stark ist diese Filmfrau, die in Wahrheit natürlich Chantal selber ist, immer schon Chantal gewesen ist – wer sonst?

Du bist diese Frau, die mit der Waffe umgehen kann, denkt Gloria.

Und dann geschieht es, in der Nacht nach diesem Film. Endlich kommt Chantal in Glorias Zelle. Sie schließt die Tür auf und setzt sich neben die kleine, schlafende Schwester aufs Bett.

»Schlecht geträumt?«

Gloria betrachtet Chantals Gesicht. Es gibt kein schöneres Gesicht.

»Alles gut«, sagt sie. »Ich habe den Film gesehen.«

Chantal nimmt Glorias Hand. Gemeinsam verlassen sie die Zelle und gleiten durch die Schatten des Gefängniskorridors.

Die Tür am anderen Ende steht offen, und als sie nach draußen treten, lassen sie sich mitnehmen vom Licht eines neuen Tages. Eines Tages, der nach Sommer riecht.

»Es tut mir leid, dass du so lange warten musstest«, sagt Chantal.

Sie gehen weiter, über einen Feldweg; sie sehen Bäume, Wanderer, Eltern mit ihren Kindern. Sie hören, irgendwo in der Ferne, Gelächter und Fahrradgeklingel.

Gloria will wissen, ob das ein Traum ist.

»*Wir* sind es«, erwidert Chantal.

Sie erreichen den See und gehen am Ufer entlang. Gloria erzählt Chantal von Fabian Prinz und dem Finale. Sie erzählt alles. Erzählt von den Medien und der Gerichtsverhandlung und vom Geistlichen, der über Gott gesprochen hat.

»Meinst du, gibt es einen Himmel?«

Chantal antwortet nicht.

»Es ist nicht gerecht«, sagt Gloria.

Drüben glitzert in der Sonne das Wasser, die Kinder planschen, die Jungs schwimmen raus zur Boje, und die Zeit weht den Nachmittag herüber, aus dem sie nie herausgefallen sind.

»Müssen wir bald zurück?«

Chantal schüttelt den Kopf.

»Meinst du«, fragt Gloria, »kann ein Mensch wirklich so schlimm sein wie Fabian Prinz?«

Chantal deutet zum See. Dort sind Tretboote zu sehen, darauf Leute, die ihnen zuwinken. Gloria kann nicht erkennen, wer es ist. Vielleicht Freunde vom Klub oder aus der Stadt.

»Wer sind sie?«

»Sie warten«, meint Chantal. »Niemand kann uns trennen. Du wirst es sehen.«

Für einen Moment ist da wieder die Angst, dass alles nur Einbildung ist, dass sie nicht hier sind, dass es diese Verbindung nicht gibt, nicht dieses Licht und nicht dieses Wasser.

»Schau«, sagt Chantal.

Sie hält einen Stein in der Hand. Das erinnert Gloria an früher, ans Ufer mit den Steinen, an die Abende, die sie am Ufer verbracht haben.

Das ist es, denkt Gloria.

Chantal lässt den Stein fallen. Er versinkt im Wasser und hinterlässt auf der Oberfläche Ringe. Ringe, die in dunkelgrüner Stille über den Spiegel gleiten, von innen nach außen, bevor es soweit ist, bevor das Warten zu Ende ist. Noch einen Moment, denkt Gloria, während die Ringe langsamer werden.

Langsamer.

Noch einen Moment.

Jetzt.